停留在夏天的人

People who stay in summer

奔放的招财猫 /著

重庆出版集团
重庆出版社

图书在版编目(CIP)数据

停留在夏天的人 / 奔放的招财猫著. —重庆:重庆出版社,2022.12
ISBN 978-7-229-17008-0

Ⅰ.①停… Ⅱ.①奔… Ⅲ.①长篇小说—中国—当代 Ⅳ.①I247.5

中国版本图书馆CIP数据核字(2022)第125479号

停留在夏天的人
TINGLIU ZAI XIATIAN DE REN
奔放的招财猫 著

责任编辑:袁　宁
责任校对:刘　艳
装帧设计:冰糖珠子

重庆出版集团　出版
重庆出版社
重庆市南岸区南滨路162号1幢　邮政编码:400061　http://www.cqph.com
重庆出版社艺术设计有限公司制版
重庆市国丰印务有限责任公司印刷
重庆出版集团图书发行有限公司发行
E-MAIL:fxchu@cqph.com　邮购电话:023-61520646
全国新华书店经销

开本:880mm×1230mm　1/32　印张:8.75　字数:226千
2022年12月第1版　2022年12月第1次印刷
ISBN 978-7-229-17008-0
定价:56.00元

如有印装质量问题,请向本集团图书发行有限公司调换:023-61520678

版权所有　侵权必究

目录

CONTENTS

楔子　/1

第一部分

一　希腊女神　/10

二　暴雨将至　/21

三　暴力大叔　/40

四　至暗时刻　/55

五　那就重新开始循环吧　/74

第二部分

一　保持愤怒　/88

二　我选择的永远是你　/95

三　安公子　/105

六　凶手的狡计　/126

七　无处可逃　/136

八　触不可及　/142

第三部分

一　时间之前　/158

二　曾经　/166

三　命运的齿轮　/178

四　乐园　/190

五　齿轮开始转动　/200

第四部分

一　她在梦里记得我　/230

二　抓住了夏天的尾巴　/249

尾声　立秋　/266

楔子

衡州市的夏天雨水向来多，一连下上好几天的情况很常见。雨从白天下到晚上，再到破晓，雨幕连绵不断，让这个闷热烦躁的夏天极其漫长，似乎永远都不会过去。

8月2号，凌晨3点。

黑色的天空中新月被乌云挡住，月亮微弱的光似乎在努力挣脱乌云的囚困，想要逃走。一辆黑色的沃尔沃疾驰在郊区的一条逼仄又没有路灯的水泥路上，引擎声像是病人的哀号，在沉寂的夜里显得格外刺耳。

他看上去四十多岁了，虽然穿着得体的西装，戴着银边眼镜，气场很强，但也难掩他脸上的疲乏之态，丝丝白发和眼睑下垂都是他正在变老的证据。

路的左边是影影绰绰的树林，右边是一条河，高卓并不知道这条河叫什么名字，他一边踩油门，一边时不时看向漆黑的河面。

突然，高卓猛地向右打方向盘，同时脚点了刹车，车子冲出水泥路，车尾急速甩了出去，然后一个急刹回旋，车子横在河滩上。

远光灯几乎把整个河滩都照亮了，斑斑驳驳的水洼像是无数星辰在闪烁，更是将周围那片毫无气息的树林映衬得更加幽暗。

高卓从车上下来，打开后备箱，取出一把折叠铁锹，他走到河滩深处，在一片明显翻动过的新土前停下。他望着那片土，深吸一口气，开始挖起来。

他把所有的力气都用上了，挖得很快，但到坑十一二寸深后他把铁锹丢在了一旁，跪在地上开始徒手猛烈地刨。指甲里嵌满了泥土，他依旧挖着，指甲磕在小石子上，被掀断，鲜血流出，浸染泥土，高卓全然不顾，似乎一点都不觉得疼。

忽然，他的手触碰到了柔软的什么，眼底微动，他不由得又加快了速度。

从泥坑里刨出一具尸体来。

这时，一道闪电划破天空，周围亮如白昼，看得出尸体是一个女孩。高卓紧紧抱着尸体，紧接着，滚滚雷声，把他嘶吼般的哭声吞没。有雨点砸了下来，越来越急，片刻，大雨倾盆，冲刷掉尸体身上的泥巴，露出清秀的脸庞，她的双眼紧紧地闭着，皮肤雪白如纸，短直的头发被雨水冲刷着贴在脸上，她无声无息，看起来就像是睡着了一般。

雨越下越大，越下越密，落在高卓的脸上，混着他的眼泪缓缓流下来，他多么希望，她真的是睡着了。

远处的雷声轰隆作响，雨水噼里啪啦打在树叶上，可是，高卓却觉得此时此刻寂静无声，他双臂颤动，紧紧咬着牙关抱着女孩的尸体，双眼迷茫，跪在泥泞里很久很久。

8月3号，上午11点钟。

天空在两个小时前就已经放晴了，阳光在没有任何云层遮挡的状态下，肆意地炙烤着这座城市，很快便升起了蒸腾着的热气。

尽管如此，海润商场还是准备了不少雨伞放在服务台显眼的位置，方便顾客应对这变幻莫测的鬼天气。

这个时间商场里已经人来人往，不少热门餐厅已经有人取号排队了。

穿着灰色保安制服的余光站在电梯前等着电梯从负二层上来，他百无聊赖，目光便落在电梯不断变换的红色电子数字上。

一个从西边一路巡逻过来的同事见到了余光："余哥，忙着呢。"同事打招呼，露出了两颗小虎牙。

余光将目光从电梯旁移开，看向了同事，点了点头。

"去趟五楼，有一个新入驻的商户在装修，我去看一眼。"

"余哥，你太尽责了，每天都要去盯着。"

"穿什么衣服办什么事。"

"这个商场我最佩服的就是您了，从经理岗位被撸下来，照样爱岗敬业，榜样。"

余光眼角动了动，没有说话，此时电梯恰好来到了一楼。

"下班有空就跟弟兄们一起去喝酒。"同事又道。

"如果没事就去。"厚重的电梯门开了，余光走了进去，在电梯门合上的时候说道，"要是出事，就去不了了。"不过这后半句同事并没有听到。

电梯在五楼停下，余光出电梯直接朝着东南角围起来的区域走去。那是一家正在装修的特色餐厅，老板迫不及待要营业，所以工人们一直在赶进度。

余光掀开围着的广告布，探头进去，工人们见了余光纷纷打招呼，余光从杂乱的工地现场穿过，一一点头回应。工人们继续忙着，余光就找了个角落位置站定，他什么也不干，只是站着。

工人们虽然有点奇怪但觉得商场的保安出现在这里也正常,就当他是躲着偷懒了。

余光点燃一支烟,烟雾在指尖绕了一个圈又向上飘去,他眯着眼睛看着一个工人在用氧炔吹管切割一根金属管子,火焰烧到一块边角料木块,工人没有注意到木块已经微微冒烟了。

余光猛吸了一口烟,捻灭烟蒂,离开了装修现场。他没有乘电梯,而是从安全通道的楼梯间离开了。

下到四楼的时候,余光估计木块已经引起周围的易燃品起火了。

下到三楼的时候,余光想,周围的易燃品太多了,多到能起连锁反应,瞬间形成一条火龙,此时,火势应该大起来了。

下到二楼的时候,余光听到一阵阵骚乱,紧接着,安全通道的楼梯间涌进来很多顾客,争相往一楼跑。火势已经蔓延开来,很多顾客被火舌缠绕。

余光随着顾客们跑出了商场,抬起头,能看到五楼的滚滚浓烟,应该是屋顶的消防喷淋系统起了一定的作用,但也仅有一丁点儿作用。

有人报了火警,还有人说很多人被困在五楼了。余光的脸开始抽动,露出痛苦的表情,好像内心正在经历着如商场大火般被炙烤的煎熬。他转过身去,眼睛红了起来,他远离了人群,眼泪也随之掉了下来。他开始哭出声音,哭着哭着甚至开始笑,边笑又边哭起来。

8月13号,下午5点钟。

季白已经把晚餐做好了。桌上的菜品都是她新学的,她把每一样都尝过了，还算可口。

"安易，饭好了，你别动，我去扶你。"季白洗完手朝着卧室走去。

安易坐在椅子上，季白进来的时候他刚好关了广播剧："我自己可以。"安易用手扶着椅子慢慢站起来，季白见状赶紧把盲人拐杖递到他手里，然后扶着他出了卧室，来到餐桌前入座。

"好香。"安易在空中微微地闻了闻，随即脸上露出了期待的笑意说道。虽然他的眼睛毫无生气，但是脸上的笑意却是满溢的幸福。

季白夹了口面前的菜喂到安易口中："味道怎么样？"

安易的味蕾感受着菜肴的味道，不由自主地边点头边发出一连串"嗯嗯"的肯定声。

"猜一猜。"季白道。

"香辣鸡胗。"安易脱口而出。

"答对，再奖励一道。"季白夹了一筷子另外一道菜送到安易口中。刚入口，安易轻轻咀嚼立即露出自信的笑容，说道："土豆烤羊排。"

季白不禁惊叹地笑了，道："可以啊你，都说上帝给人关上一道门就会给人打开一扇窗，你是幸运的，上帝给你打开了两扇窗，耳朵和舌头。"

安易听着季白声音传来的方向，转了转头，看着季白说道："分明是你做得好吃。"

"那这个是什么？"季白又给安易夹了一道菜。

"五花肉焖腐竹。"

"这个呢？"

"红烧鱼。"

"什么鱼?"

安易回味片刻,说道:"青占鱼。"

"对。"季白搂住安易的脖子,在他的脸上落下一吻。

安易发自内心地笑着,因为他觉得此刻的幸福很珍贵,或许就像季白说的,自己真的是那个幸运儿,失明之后上帝慷慨地打开了几扇窗,其中一扇窗透进来的光便是季白。

一个美艳动人的女主播,一个盲人,这种组合,太不公平了,电视剧里都不敢这么组CP。

"谢谢你。"

"谢我什么?"

"陪在我身边。"

"不,我们是陪在彼此身边。"

8月13号,晚上11点钟。

包括卫生间在内的各处房间里的灯光都亮着。而窗外几乎看不到月光,只有万家灯火硬撑着,留下这座城市具有生命的证据。

素问眼睛一眨不眨盯着手机对话框里"分手"两个字看了许久许久。就只有这两个字,没有多余的解释,没有说为什么,就是这么突然地收到信息,然后便联系不上他了。

分手两个字很简单,素问明白这两个字的意思,她不明白的是为什么司正要和她分手,更不明白的是为什么联系不上司正了。他们从高中起就开始互相爱慕,大学后正式在一起,现在刚毕业不久,司正就消失了。

素问才22岁,人生里第一次正式且平稳的恋爱就这么不了了之了。

之前，她觉得跟司正在一起的日子过得太快了，白天上课偷偷微信聊天，用餐时间一起，晚上随便聊几句天就亮了，时间快得好像抓不住。但是司正说完分手失联将近半个月了，素问度秒如年，从未觉得时间如此难挨。

难道有司正和没有司正，时间流动的速度是不一样的吗？

素问觉得应该是不一样的吧。

随着钟表一圈一圈绕，素问越来越精神，准确地说应该是心一直揪着，为司正揪着。他的不告而别似乎不那么重要了，重要的是，他不要出什么事。

又十几分钟过去了，素问依旧毫无睡意。

素问忽然从床上坐起来，迅速下床打开了衣柜，换上速干T恤和运动热裤下楼跑步，她需要转移注意力以及发泄情绪，不然她的脑子里全是司正的影子和他留下来的问题，迟早会炸掉的。

深夜的公园，连路灯都显得孤独凄凉起来。她在小区附近的公园，什么都没想一鼓作气先跑了一圈半，汗水浸透了衣服，素问这才减慢了速度，变成沿着路慢慢走着，擦擦汗。

这个时间公园里的人已经不多了，除了零星舍不得分开的情侣再就是穿公园走近路着急回家的人。素问就像一个游荡的幽灵，她全然沉浸在自己的伤感里，根本没有注意到在路灯与路灯的阴影里站着一个与她近在咫尺的男人。这个男人跟了素问很久了。

"啊！"素问忽然大声喊道，"司正！"喊出来后，她觉得胸口不那么闷了。

"喂，你神经病啊！"一个穿着格子衬衫背着双肩包的男孩经过，他加班到现在，抄近路回家，困得昏天黑地被素问一喊，瞬间精神了。

"对不起，对不起……"素问立刻低头连忙道歉。

男孩离开后，素问也出了公园，朝着家的方向走去，回去的脚步并没有比出来的时候轻松一些，而一直跟着她的那个男人在素问发泄的时候便离开了。

8月14号，零点一刻。

安易已经睡熟了，睡在一旁的季白悄悄下床，光着脚走出卧室。借着地灯微弱的光进到卫生间，她没有关门，反正安易双目失明，关不关门没有任何区别，而且还能随时观察卧室里安易醒来与否。

季白开始对着镜子卸妆，去除脸上的肤蜡，露出原本真实的脸——一张乍一看令人感到恐惧的脸，一张有点歪扭的脸，一张手术失败留下几道伤疤依旧很浮肿的脸。

她对着镜子露出笑容，她很满意自己现在的生活，有一个人在身边，过着平平淡淡的日子，但是她在镜子里微笑的脸看起来却异常诡异。

Part 1

第一部分

一　希腊女神

一家普通的中餐厅里，高卓正在等饭菜上桌，店里人还很少，因为还有近一个小时才到午饭时间。

窗外的天空阴阴沉沉的，十万吨重的乌云在酝酿着一场酣畅淋漓的暴雨。高卓痛恨下雨天，雨天总是伴随着闷热、黏稠与不安的感觉，他也痛恨这个夏天，将这种糟糕的感觉一点一点烘焙，烘出满鼻子满口的泥土腥气和血腥味。

手机在桌子上"嗡嗡"地振动了很久，高卓都没有去理会。他已经很久没有去公司了，一个月还是两个月他已经记不清楚了。他的手机、短信、微信、邮箱等等，凡是能联系到他的方式，都被轰炸爆了。

身为公司高管，这是大忌，但高卓不想去处理工作，也不想接电话，或者回复消息。

他有更重要的事情去做。

非做不可的事。

哪怕付出任何代价。

什锦炒饭和一碗清汤被端了上来，高卓一连吃了几大口炒饭，有点噎，然后端起汤灌了一口，终于把食物顺进胃里。一瞬间，饱腹感让高卓感到稍微轻松了些。

一个西装革履，佩戴的手表和胸章都是奢侈品的中年男人，在一家普通的饭馆里大口吃着炒饭，这一幕终究是有些不协调的。这个夏天之前，高卓对于吃很讲究，也从不会吃得这么急，就是这个夏天，改变了太多，甚至改变了一个人的生活习惯。

转眼，盘子空了，一粒米都没有剩下，特别响应墙上"光盘行动"的宣传海报。高卓看着空盘子走神了。

店里的电视机正在播着一宗凶杀案的新闻，新闻里贴出的遇害女孩的照片虽然被打了码，只能看到短直的头发别在耳后，但还是能看得出是一个亭亭玉立、青春洋溢的女孩。

高卓的眼睛通红，盯着电视机，眼睛逐渐失焦。女孩遇害时穿着牛油果绿T恤和白色的背带短裤。这套衣服是高卓送给女儿高以云的生日礼物，纯正的牛油果绿的T恤并不太好找，他曾经为了它跑了很多店。

警方立案侦查了一个多月了，凶手很狡猾，迟迟未落网。但是痛失爱女的高卓等不及了，他恨不得下一秒就抓住那个凶手。如果法律允许，他一定要手刃那个禽兽。

所以，他三天前下定决心，靠自己找到凶手，让他受到法律的制裁。

高卓越发激动，他的额头上的青筋暴起，于是转过头去看着窗外，默默背向正在播新闻的电视机。

此时，一个手臂上有人像文身的红发男子从窗外经过，虽然高卓没有看清楚文的是什么，但是足够使他立时站起来。椅子倒在地上，发出巨大响声。

这可能是唯一的线索——凶手右手手臂上文有希腊女神，但是由于凶手没有露出过完整的右臂，所以线索残缺，并不确定具体是哪个神。

万分之一的可能高卓也不会放过。他冲了出去,刚跑几步撞到右侧一位食客的胳膊,胳膊受到外力移动,打翻了一盘菜,菜汁溅了食客一胸口。

"抱歉抱歉……"

高卓道完歉,想要继续追,忽然被食客拦住了。

"大叔,你撞到我了,一句抱歉就打算跑了?看你穿得人模狗样的,岁数也不小了,还这么莽撞。"

"真的很抱歉,我……"高卓一直看着窗外,可是人已经不见了,"真的不好意思,我赔我赔……"高卓说着拿出钱包,从钱包里抽出两张纸币放在桌子上,"这顿饭我请,好不好?让我出去,我真的有急事。"

食客见高卓这么豪爽而且穿着与谈吐不凡,应该是个有钱的主,脸上又写满了焦急,肯定有重要的事情急着去办,于是指着自己的衣服敲诈道:"看见了吗?溅一身油点子,还怎么穿?"

高卓又从钱包里抽出两百元:"劳您自己去买一件,我真的赶时间。"

"我这可是名牌,你觉得两百够吗?"食客指着T恤上的Logo。

"您觉得多少钱够?"

"起码得一千。"

"一千?"

"对,一千。"

"一盘土豆丝,一件T恤,一千?"

"对,一千,撞到我,打翻菜溅了我一身,毁了老子吃饭的心情,你觉得一千块钱贵吗?"

"我没那么多现金。"

"来，扫码。"

高卓扫了码赶紧冲出菜馆，顺着刚才那个文身男人离去的方向追了过去。跑到一个十字路口，高卓停下了。

他一一看向每一个路口，正前方、左边、右边，这每一个方向都有可能是嫌疑人的选择，而他一个人，无法同时选择三条路。

头顶暴晒的太阳，川流不息的人流和汽车鸣笛的嘈杂让高卓感到恍惚，他只能猜一个方向了。此时，正好绿灯，高卓直接过了马路，朝着正前方追了过去。

三分钟，高卓跑到另一个十字路口的时候后背全湿透了。高卓知道，就算第一个路口猜中了那个文身男人是直行，那么第二个十字路口猜中的可能性太低太低了。这样盲目追下去是徒劳的。

高卓看了一眼头顶的太阳，异常刺眼，他转身向着一家便利店走去，边走边遗憾，就这么放弃了吗？

那种感觉很无力，就像孤零零漂浮在茫茫的海面上很久很久，早已丧失了救援希望，忽然看到了一个漂浮的东西，用尽最后的力气游过去发现只是一根手臂粗的树枝，根本无济于事。

高卓拿了一瓶水去结账，还没走到收银台便拧开盖子猛灌进喉咙，一口气喝了半瓶多。结账的时候，健身卡从钱包里掉了出来，那是他前一段时间办的，因为他觉得自己才四十多岁，身体素质下降的速度超出了预期，就像刚才，才跑了几分钟，就已经大汗淋漓气喘吁吁了。

凭这样的身体，就算是真的找到凶手，也抓不到。所以高卓办了健身卡，买了私教课，每天去两个小时。但是他已经至少五天没有去过了。他总是想着，万一就是那两个小时错过了凶手呢。

就算这样的概率只有千万分之一，他也决不允许这千万分之一发生。

他决定，把去健身房的时间改成夜跑。

从便利店出来，高卓打算再寻一些散落在城市角落的文身店碰碰运气，突然，他看到对面咖啡店落地窗的位置坐着一个男人，正是那个手臂上文有希腊女神的男人。

高卓急匆匆横穿马路，到咖啡店门口的时候正好和一个拿着咖啡、低头玩手机的年轻女孩撞到一起，咖啡冲出杯子，几乎全部洒在高卓身上。咖啡染满西装，就像一幅泼墨山水。

梳着高马尾的女孩边拿纸巾边道歉，高卓连说了几次"我没事"。

"是我走路玩手机，大叔，如果您需要我赔衣服的话，我会赔给您。"女孩拿出纸巾递给高卓。

"不用，也是我太急了，如果你不需要我赔咖啡的话，就让我进去。"高卓随便擦了擦身上。

女孩让开进门的路："不好意思。"

高卓进到店里，坐在文身男人背后的椅子上。女孩也回到店里，重新买了两杯拿铁，走到高卓所在的位置，放了一杯在他面前。高卓点头表示谢意，女孩离开的时候又多看了一眼这个奇怪的大叔。

很快，咖啡店进来一个光头男人，坐在了文身男人的对面。高卓坐直，后背紧紧贴着椅背，想努力听清楚他们每一句对话。可是，他们说的却是方言，高卓大概能明白他们在计划一件很隐秘的大事，似乎需要很多人一起完成。

突然，两个男人站起身来离开了，高卓拿起面前的拿铁，跟了上去。

出了咖啡厅，走过三个路口，两个男人钻进一条巷子，高卓靠在巷子口，时不时小心翼翼地探出头盯两眼，直到他们消失在一扇刷满绿色油漆的铁门里高卓才快步跟了上去。铁门紧闭着，一旁挂着一块写着"繁星酒吧"的铁牌子，已然锈迹斑斑，摇摇欲坠。

看来这是一家酒吧的后门，这里除了这扇门没有第二个入口，显然从这扇门进去是不可取的，高卓准备绕到正门，看看有没有什么机会。就在他刚转身的时候，铁门再次打开，一只强有力的手揪住他的后领，一个用力，就把他拖了进去。

砰！

铁门关闭，震得"繁星酒吧"的铁牌子摇摇晃晃。

外面很亮，可是里面却无比黑暗，高卓整个人陷入黑暗之中，他觉得有些窒息，眨了眨眼，想要看清楚周围的环境。突然，一盏刺眼的灯打在他的脸上。高卓下意识地紧闭着双眼，并用胳膊挡住白光，尽量去适应。

"为什么跟着我们？"一个人开口问道。声音沉闷粗犷，像是有什么东西砸在铁门上。

高卓努力地睁开眼睛，正是那个光头男人发问。一旁的文身男把台灯移走，接着把酒吧的顶灯打开，整间屋子明亮起来。

"这家伙跟了我一路。"文身男对光头男补充说。

"所以，在咖啡厅你坐在我们身后，听到我们谈了些什么？"光头男探着脖子抬着眼睛直勾勾盯着高卓问道。那种感觉就像一只鬣狗盯上了猎物，同时嘴边流着黏稠的口水。

高卓不知道怎么回答，他确实没有听清楚，但是说实话他们

15

就会相信吗？很显然他们认定他听到了。说没有听到，更像是一种狡辩，而在双方实力悬殊的时候，弱的那一方没有资格狡辩。

"所以，你是为谁工作？"文身男问道。

高卓仍旧没有说话，他打量着这两个人和周围的环境。这家酒吧装修老旧，酒柜上都是廉价的酒，经营状况应该不是很理想。

光头男按住高卓的头，又重复问道："你老板是谁？"

"是误会。"

"误会？"

"你告诉我是什么误会？"文身男声音忽然高昂，似乎不太开心。

"误会就是，我跟着这位小兄弟，不是想偷听你们的谈话，我只是想弄清楚。"高卓看向文身男，"我只想弄清楚你胳膊上的文身。"

"文身？"他们被高卓弄得一头雾水，跟了这么久竟然只是为了看清楚他胳膊上的文身？太离谱了，太假了，尽管这就是高卓的真实目的，但在他们看来，高卓在耍他们。

把他们当傻子一样戏耍！

文身男开始搜高卓的身，除了钱包、手机等没有任何具有杀伤力的武器。打开钱包，里面有几百块和一些零钱，再就是几张银行卡，文身男从里面抽出高卓的身份证，瞄了一眼，又拿出一张名片。

"AU黑色金属制造公司总经理高卓……"文身男满是疑惑地念道。

光头男拿过名片确认了一下文身男所念无误，转头问高卓："是你吗？"

"是我。"

"黑色金属是什么？"

"黑色金属主要指铁及其合金，如钢、生铁、铁合金、铸铁等，我们公司是做铁合金的，一种炼钢时用的脱氧剂。"

两人听着头都大了，完全不知道他在说什么。

"老子不管你的身份是真是假，也不管你的老板究竟是谁，今天你时运不济。"说完光头男给了文身男一个眼神，文身男走到吧台里，再次出来的时候手里多了一根棒球棍。

"你们要做什么？喂，要干什么？"高卓有点慌，因为这两个人看起来完全就是电影中那种典型的犯罪分子，什么事情都有可能做出来。

文身男已经走到了高卓面前，拿着棒球棍在他脸前挥舞着："断你一条腿，让你老板知道知道我们的意思。"

高卓知道自己怎么也解释不清楚了，也知道自己无论如何也逃不出去，这条腿今天算是断定了。他深吸一口气，冲着文身男说道："好，可以断我的腿，但是我有一个请求。"

"有屁快放。"

"断完，给我看一眼你胳膊上的文身。"

"有病吧你？"

"对，我有病。"高卓的心病已经无药可医，除非能抓到杀害女儿的凶手。

"老卢，他真有病。"文身男看向光头。

"而且病得不轻。"光头说完拿过文身男手里的棒球棍，抡起来朝着高卓右腿的膝盖打了过去。

"砰"一声闷响，紧接着是一个清脆的声音，像是有人把芹菜掰断了，高卓知道，那是他的骨头断了，疼痛瞬间传递到他的大脑，高卓倒地，抱着右腿嘶吼着满地打滚。

文身男把钱包扔到地上："好了，你可以走了，走不了就爬出去然后打个车。"

高卓仍旧躺在地上，他倒吸着凉气说道："文身，给我看你的文身。"

文身男无奈，把短袖挽了上去，露出完整的文身。高卓紧皱着眉头，眼睛里除了血丝还有无尽的失望，因为文的并不是某一个希腊女神，而是一个现代长发女人。

"我的女人漂亮吗？"文身男饶有兴致地问高卓。

"漂亮。"高卓道。

"滚蛋。回去告诉你老板，如果想从中插一杠子的话，你的腿就是他的下场。"文身男道。

高卓艰难地扶着一旁的椅子站起来，等他走到后门门口的时候，身上已经是第三拨冷汗了。

出了后巷，高卓艰难地招停一辆车，直奔医院。

膝盖粉碎性骨折。医生立即对高卓进行了手术，虽然手术很成功，但高卓这个年纪，恢复起来不是那么容易，还不确定会不会有后遗症。

高卓要在医院住很长一段时间了。他知道，无论在医院住多久，都不会久到这个夏天过去。

高卓一个人摇着轮椅在医院十楼的小花园散心的时候目睹了一场好戏——一个暴躁病人的独角戏。

高卓刚到小花园，忽然一阵声音传来，一个男人大喊道："不用扶我！"高卓顺着声音看过去，一个护工被推倒在地，那个喊叫的男人双眼缠着绷带,抬着双手,正在摸索着什么。男人小心翼翼地挪着脚步,前面是空地,他没有碰到任何障碍,于是加快了脚步,可是刚迈出两步,便跌进了池塘里。

幸运的是池塘里的水很浅,护工上前准备拉他出来,但是失明的男人坐在池塘里上臂拍打着水面。水里的红色锦鲤惊慌地四散逃窜。

他抓住了周围的荷叶,揪掉,扔到外面,荷叶秆上的小刺很多,刺进了他的手,可是,他却像是没有感觉一样。

虽然荷叶打人并不疼,但是围观的人却不想被误伤,他们一边好奇地看着男人,一边朝着周围躲了躲。

"为什么是我?为什么偏偏是我?"男人绝望地坐在水中,声音无助又暴躁。

接着,失明的男人抓起池塘底部的鹅卵石,到处丢。有几块坚硬的鹅卵石砸到了其他病人。护工没办法了,赶紧跑去找医护人员。

高卓听到旁边有人小声议论:"前两天刚来的病人,据说因为一场火灾双目失明。"

"多年轻的小伙子啊,忽然就看不见了,谁能接受得了啊?"

"是啊,可惜了。"

"但是拿石头砸人就不对了,这里是医院,大家都是病人,都平等,他失明接受不了,别人截肢就能接受了?真是的……"

保安先来控制场面。失明的男人被保安从水里抬出来,浑身湿漉漉的,但是仍旧奋力地挣脱着。就像一只被狩猎者捕捉的鳄鱼,做最后的挣扎。

地上留下了一摊水迹,断断续续地显示出他们行动的轨迹。

高卓看着他们的背影离开了，他向来不喜欢吵闹的场面。

回到病房，关上门，世界重回安静。高卓摇着轮椅来到窗前，能看到街道上熙熙攘攘的人群，他下意识地注意那些胳膊上有文身的人，尽管这个距离，看清文身是根本不可能的。

但是，此时他的眼神还是被重新点燃了，只有在寻找的时候他才感觉到自己的心脏是跳动的。

高卓低头看了一下自己的腿，打着厚厚的石膏，虽然追凶受制，但是他并没有那么担忧，因为他还有机会，就像之前他受过比这个更重的伤，踝关节、后脑、大动脉。

高卓再次抬起头看向远处的街道。只要他还在这个夏天的循环里，就还有机会，就一定会找到凶手。

二　暴雨将至

街道上的人步履匆匆，天气闷热得宛如40℃的桑拿房，或许是天气太闷了，行人们都不想在外面多待一秒钟。

空咖啡杯被素问丢进了垃圾桶，她驻足回望刚才走过的街道，那家咖啡店已经消失在视线里了。

从刚才到现在，素问一直在想刚刚在咖啡馆门口撞到的古怪大叔。他的眼神很奇怪，温和里带着汹涌的愤怒，令人不易察觉。但是素问捕捉到了。

她很敏感，是最近才变得敏感的。如果你的男朋友只用信息发来"分手"两个字便彻底离开了，你连听到他亲口说再见的资格都没有，随便放在哪个女孩身上，都会胡思乱想吧。

"忘了他吧，渣男不值得。"太多太多人这样劝过素问了。这是渣男惯用的手法，之前很深情，却忽然有一天莫名其妙地分手后失去联系。素问也知道，忘了他，相信他是渣男，是最好的办法，也是重新开始的理由，更是在分手之后用短暂的恨来转移伤害的最优方案。恨着恨着就不恨了，恨着恨着就会因为新男友、新爱情、新生活而彻底把那个人抛在脑后，彻底开始拥抱新的人生。

可是素问做不到。她爱他。她相信他也爱她。

3782遍"我爱你"。是司正对素问说过的。每一次司正说这三个字的时候，素问都会拿出随身携带的本子记下来。他们正式在一起四年，48个月，208周，1461天。每一遍"我爱你"素问都会回应，也就是素问也说了3782遍"我也爱你"。

回到租住的公寓，素问关上窗户，打开空调，调到16℃，然后从冰箱里拿出一罐可乐，窝在沙发里，隔着T恤脱掉内衣丢到一旁，长舒一口气后喝下一大口可乐，瞬间清爽了很多。

素问挪动了一下身子，本想找一个更舒服的姿势却碰到了遥控器，电视打开，正好在播新闻主持人边整理文稿边说一些天气情况的救场："最近几天衡州市会有持续的特大暴雨，气象部门已经发布了红色预警，希望市民时刻做好准备，如有出行需要请尽量暂缓，处于危险地带的单位已经陆续开始停止集会、停课、停业等，政府及相关部门已经做好了山洪、滑坡、泥石流等灾害的防暴雨应急和抢险工作……"

衡州夏天这个鬼天气，不用看天气预报都知道憋着暴雨。素问想，如果生活里所有的事情都可以预告就好了。她摇头笑了笑，笑自己天真，难道男朋友会提前说：喂，下个礼拜三我要跟你说分手哦，你提前做好准备。

素问拿出手机，本能地打开与司正的聊天。司正说的最后一句话只有两个字，"分手"。而这两个字素问已经收到足足28天了。

28天，不到一个月，但是对于素问来说却是无比的漫长。也幸好是漫长，让素问有足够多的时间来想念他，寻找他。

28天前他们还在谈论远行的计划。去马岭河峡谷看地球上一道美丽的疤痕；去北盘江大峡谷探秘裂缝；去西江千户苗寨穿越千年。

这个计划他们准备了两年之久，为此两人存了两年的钱。

素问跳下沙发去卧室里翻出一张银行卡,密码是素问的生日,卡里面是两人存的钱,一共六万八千三百多块。

她要花掉,一口气全部花掉。

素问再次出了门,打车直奔新华区最大的海润商场。

20分钟后她站在海润商场一楼的一家奢侈品店门口。当一个女人悲伤且愤怒的时候,花掉一张卡里的存款只是天生的被动技能。她只需要走进店里,随便指上几样心仪的包或者衣服,然后对店员轻轻说道:"包起来。"

但是素问站在橱窗前,忽然舍不得了,并不是舍不得那六万八千三百多块,而是舍不得两人一起努力存钱的两年时光。她在想,如果花掉了是不是就会缺少关于司正的两年记忆呢?

关于司正,她一秒钟都不愿意忘记。她还是不得不承认,她放不下。

直到一张纸巾递到面前,素问才意识到自己哭了。

"谢谢。"素问接过纸巾,对穿着保安制服的余光说道。

余光微笑着说道:"很多人心情不好,在商场逛一逛就好了,你不要冲动消费。"

"谢谢。"素问本能地回他。那种舍不得再次萦绕在心头,似乎变成了想念一个人的执念。

素问还是走进了一家手表店,她一直想送司正一块表,选了很久都没有定下来。现在,就算是选好了也送不出去了。

"欢迎光临,有什么可以帮您?"柜姐热情地迎接。

"我想要一块男士手表。"素问说。

"请来这边。喜欢哪款?我拿出来给您看。"

"有没有六万多的表?"

柜姐有些奇怪："不好意思小姐，我们这里是轻奢品牌，没有那么贵的。您可以到旁边的店，我们都属于一家公司，那家店是做奢侈品的。"

"好。"素问出来的时候又遇到刚才的保安，冲他点了点头。

余光回以温暖的微笑，然后继续跟上前面那个穿着黑色T恤，啤酒肚突起的中年男人。余光已经注意他很久了，因为他的眼神总是飘忽不定的。以余光的经验，几乎是本能地立刻判断他有问题。

男人走进了一家服装店，随手选了几件衣服到试衣间试。余光没有打草惊蛇，跟店里的店员攀谈起来。很快，黑T恤男人从试衣间出来，衣服留在了里面，应该是没有选中满意的。

黑T恤男人出了店，左拐，余光迅速结束了和店员的聊天，赶紧跟了出去，却不见了他的踪影。按照步行速度，黑T恤男人绝对走不了多远，他应该就在附近的某一家店里，余光站在这几家店的中心位置，时刻观察着他从哪家店出来。

四分钟后，黑T恤男人果然从一家运动品牌店里出来了，这次，又是什么都没有买。

就在余光准备上去跟他聊几句试探一下的时候，黑T恤男人进了一家女士饰品店。余光很奇怪，一个大男人独自来逛街，还进了一家女士饰品店，当然不排除给老婆选礼物这种暖心行为，但余光的直觉告诉自己，不对劲——黑T恤男人行色匆匆，根本不像悠闲逛街的那类人群，就算赶时间，他做的无用举动也太多了。

余光在饰品店门口徘徊着，店里的人很多，一半多是情侣，剩下的是女生结伴，穿黑T恤的中年男人在里面显得很突兀。

这次，黑T恤男人在里面待了很久，他站在一个能避开监控的角落，背对着门口，看动作似乎是在挑选首饰。余光没有耐心了，直接进到店里，拍了一下黑T恤男人的肩膀。男人下意识微微颤抖了一下，明显是做贼心虚的表现。

"这位顾客，麻烦借一步说话。"余光道。

黑T恤男人放下手里的孔雀耳环，问道："有什么事？"

余光道："麻烦跟我来一下。"

黑T恤男人又问："什么事？"

余光露出微笑，语气轻松地说："对您很重要的事，请。"

最终黑T恤男人跟着余光走了，出店门的时候余光下意识地回头看了一眼刚才黑T恤男人所站的位置，看到一款银质手镯，是扭曲的，造型还挺别致。

到了保安室，余光倒了一杯水，然后让他稍等。余光出了保安室，关上门，用对讲呼叫同事小陈，让他赶紧到三楼的HL饰品店去看看是否有商品被损坏。

余光站在门口，时不时透过窗户看看里面局促不安的黑T恤中年男人，有汗珠从他的头发根渗出，顺着额头和脸颊缓缓流淌。他用手背擦了擦汗，继续盯着地上的垃圾桶看。

保安室里的冷气一直是开着的，上班时间基本维持在24℃左右，此时余光肯定这个男人绝对有问题。

"余哥余哥，店员核实了，有6件商品被人为损坏了，我这就去调监控。"对讲机里小陈说道。

"不急，人在我这里。"余光道。

"人在你那儿？搞破坏的人？"

"没错，你现在去一楼的Yui和Aim服装店，找这两家店长核实，有没有衣服被损坏，注意试衣间。"余光道。

很快,小陈回复余光两家店共有9件衣服被故意扯坏了。

余光回到保安室,黑T恤男人面前的水已经喝光了。

"贵姓?"余光问道。

"弓长张。"黑T恤男人说道。

"张先生,是这样,您涉嫌故意损坏商场商品,我的同事正在调监控,我想,您需要在这里多等一会儿,我们会报警处理。"余光不紧不慢地说着。

张先生突然用力拍了下桌子,站起来激动地说道:"不可以,不可以,你们不要报警。"

"张先生不要激动,请先坐下。"余光微微皱眉。

"多少钱我赔,几件衣服不值几个钱,犯不上惊动警察,何况你们也麻烦,你说是不是?"张先生舞动着双手。

"这个事我自己说了也不算,得按流程走。"

"你们经理呢?经理呢?把经理找来!"他大喊着。

突然,余光身上的对讲机响起:"余哥余哥,我把所有的监控都调了,服装店的监控里没有直接拍到那个男人损坏衣服,但是饰品店拍到了,我要先报警吗?"

小陈的话音刚落,张先生抓起桌上的玻璃杯用力向地面砸去,啪的一声,玻璃碎了一地。

"说了不要报警,为什么偏偏跟我过不去?"张先生很激动,他一边抓着头发一边在原地踱步。

余光伸出一只手,示意他不要动,然后用对讲机说道:"先不要报警,你去看看经理在不在。在的话请他过来一趟,我们在保安室。"

余光稳住了张先生。随后,小陈和方经理也过来了,面对过激的张先生，经理怕出事更怕担责任，接受了张先生赔偿的提议。

余光不满方经理的处理，觉得这样的处理方式没有一点警告性，以后他还会再犯。余光把方经理拉到一旁压低了声音说道："应该报警的。"

方经理扬起下巴："你已经不是经理了，现在我是，我说了算，赶紧让他赔钱走人。"说完方经理扬扬手，离开了。

余光无奈地叹了口气，重回保安室，看到小陈苦笑了一下，小陈拍了拍余光的肩膀以示安慰。

小陈准备带着张先生去做赔偿，临出门的时候余光忽然想起什么叫住张先生："张先生，请问你为什么要故意破坏东西呢？最近生活很苦闷吗？还是爱好？"

张先生一脸茫然没有说话，小陈准备继续出门，余光又说道："对了张先生，你是不是平时不爱运动，但是特别爱喝啤酒？"

这句话说完张先生右边眉毛微微抖了一下，几乎没人能察觉到，可是余光一直盯着他的眼睛，捕捉到了这个细微的动作。

"你爱喝什么牌子的啤酒？"余光又问。

小陈打了个哈欠："余光，别拉家常了，我得带着他去赔偿了，下班我有约会，早完事我早走。"

"我只是觉得张先生的啤酒肚有点过于大了，显得有点累赘。"余光边说边打量着张先生，如果去掉啤酒肚，他看上去不算胖，而且身体比例还很匀称。

小陈一头雾水道："余哥，你平时话不多呀，跟这么个人聊个什么劲？"

余光看向小陈："我只是突然想起之前有个女人在商场偷东西，把东西藏在裙子底下。"

小陈睁大了眼睛，忽然反应过来，伸手朝着张先生的肚子摸去。张先生向后退了一步，躲开了。张先生如受了惊的兔子，到处乱窜，慌乱地想要逃走。小陈眼疾手快锁上了门。张先生见出不去了，彻底急了，拿起一旁的椅子，开始胡抡起来。

他浑身的每一个动作都在表示着拒绝，因为拎着椅子又打得毫无章法，一时间没人能靠近他。

相比较小陈的慌乱，余光则显得从容镇定，他没有着急上前去抓张先生，而是静静观察着，瞅准时机，冲了上去，矮身躲过用力抡过来的椅子，钻到张先生身后，一招擒拿，将其锁喉，小陈赶紧上前帮忙，张先生被顺利控制住。

其实商场对保安一直有培训，经常会请一些健身、体育竞技或者格斗的教练来授课，其他人都应付应付就得了，只有余光，不仅认真学了，而且下班没事的时候做做运动，练习练习格斗术。毕竟他单身一人，有大把的时间。

张先生见彻底溜不掉了，大声喊着："打人了！打人了！商场保安在小黑屋里打人了……"喊着喊着，喉咙干燥，剧烈咳嗽了几声。

他一直在耍赖，可是小陈与余光都站在一旁双手环胸静静地看着他，他们没有搭理他，他却不依不饶，后来，干脆直接躺在地上不起来了。

余光这才放下手臂，用手指了指屋顶东北角的监控探头说道："这屋子里也有监控。"然后张先生没声了，眼里充满了不满和无奈。

小陈开始对张先生搜身，他彻底没招了，挣扎了几下就开始配合起来。余光对搜出来的商品做了统计，全是一些不值钱的小东西，加起来还不足两百块。

余光回头看了一眼张先生，他的啤酒肚也已经消失了，不明白他冒这么大风险是为了什么，难道是特殊癖好？

"你图个啥子哟？"小陈看着这一堆袜子、护手霜之类的东西冒出一句家乡话。

余光道："小陈，麻烦再去请一次方经理吧，事情的性质又变了。"小陈刚要动，张先生突然尖叫了一声，像是要死了一样，然后整个人一会儿哭，一会儿笑，一会儿浑身僵硬地原地跳高，一会儿在地上学虫子蠕动，神经兮兮，疯疯癫癫的。小陈见状有点蒙，也有点慌，一脸无助地看向余光。

余光拍了拍小陈的肩膀："没事，看戏就行，一会儿累了就不折腾了。"说着坐到椅子上，也示意小陈坐下。

"他不会受到了什么刺激或者脑子是真的有病吧？"小陈小声问道。

"他演得太夸张了，放心吧。而且有病没病跟在商场破坏商品、行窃是两码事，你现在去叫方经理，我先报警。"余光道。

小陈刚走，张先生气喘吁吁地坐在地上，说道："不装了，累，有水吗？"

余光递给他瓶水："有什么事儿跟警察同志交代清楚，如果你有什么心结也顺便给你解开了吧。"

张先生一口气喝完水，没有理余光的话茬："我要上厕所。"

"忍一会儿。"

"忍很久了，实在是憋不住了。放心吧，就算跑，我也得有那本事啊。"

余光想了想也是，他再怎么折腾也逃不出这个商场。可余光

29

没想到的是，他竟真的趁机跑掉了——姓张的没有去男厕所，而是去了女厕所，引起一阵骚乱，女同志们纷纷叫着往外跑，姓张的便趁乱逃过了余光的围堵。因女厕引发的连锁反应，顾客们也不明所以地跟着跑，让张先生顺利溜出商场。

不过余光一直紧追着他，足足跑了三条街，张先生跑得气喘吁吁终被逼进一条死路。

"跟我回去。"余光道。

张先生一反常态，摆了摆手，拒绝道："你带不走我，我劝你快回去，没有时间了。"

"什么意思？什么叫没时间了？"

"我在商场放了炸弹，你信不信我？要不要赌一把？"张先生笑起来，整张脸都扭曲了。

余光思考着，究竟信不信这个怪异的"疯子"，张先生看出他在犹豫，于是右手缓缓升起，然后嘴里发出"砰"的同时，五指张开。

"提醒你一下，是定时炸弹，我也不确定还剩下多少时间。"张先生皮笑肉不笑，眼神里透露出呆滞与狂妄的复杂感，看上去异常诡异。

或许脑子真的有病？

但是已经不重要了，重要的是，他所说的炸弹是不是真的？

是与否在此刻也不重要了，余光不敢赌，他只有一个选择，那就是以最快的速度赶回商场，然后找到炸弹！

"炸弹有几个？"余光问。

"一个。"张先生道。

"在哪儿？"

"这就得你自己找了,好好找。"

不敢再多耽误一秒,余光转身拼尽全力往回跑,即使他此时已经筋疲力尽。

穿越人群与汽车的轰鸣声,余光在争分夺秒。撞到人后的漫骂声早已被他甩在身后,司机不满的鸣笛声也无法击退他的脚步。

余光边跑边摸出手机,准备报警,但是刚拨出110,手机便提示电量低关机了,而对讲机也已经超出了信号范围。余光没有停下脚步,就像姓张的说的,他也不确定还剩下多少时间,如果现在停下脚步找一部手机报警炸弹爆炸的话那就是千古罪人。

他已经失职过一次了,这次绝不可以!

3分42秒,余光冲进了商场,他努力回忆张先生在商场的行动路线,然后剔除能被摄像头拍到的地方,剩下的卫生间、试衣间、转弯死角都是可能被放置炸弹的地方。

他拿出对讲机,看着周围逛街的人们,深呼吸,努力让自己冷静下来,然后说道:"小陈,小陈,接下来我说的话不要怀疑,必须执行,哪怕是越过队长,越过经理,也必须执行。"

"怎么了,余光?"对讲机里传出了小陈紧张的声音,"你把那个姓张的打坏了?"

"立刻报警,商场有炸弹,重复一遍,商场有炸弹,立即报警!报完警你带上所有保安队的人和商场的工作人员,开始疏散顾客,如果有同事害怕溜了,不要管他们,先疏散顾客,听明白了吗?"余光一口气说完,听不到小陈那边的回应,"听明白了吗?"他冲着对讲机大喊道,引起了周围顾客的侧目。

"听听听明白了……"小陈那边颤巍巍地回应,显然也有些慌了。

"快去！我们没时间了！"吼完之后，余光立即跑起来，他先到姓张的去的第一家服装店里，没有跟店长打招呼直奔了试衣间，搜完试衣间后准备离开前往下一个地点的时候，他忽然停下脚步。姓张的为了逃走可以闯进女厕，那他也有可能把炸弹放在了女试衣间。

余光转身进入女试衣间，推开一间隔断的门，里面正好有一位女顾客在脱衣服，看到余光后尖叫起来，然后抢起一旁挂着的包开始猛砸余光。

"来不及解释了，所有人都出去！"余光无视皮包坚硬的角戳在头上的疼痛，他要把所有人都轰出去！

慌乱的局势瞬间惊动了郝店长，她赶来指着余光道："老余，你发什么疯？"

余光双眼猩红，看向郝店长："一会儿我同事过来跟你们解释，现在，都出去。"理性的解释此时根本就行不通，他也担心直接说出商场有炸弹会引起更大骚乱，发生严重的踩踏事件，不如等同事过来做专业的疏散。

余光抓紧时间一间一间隔断认真地搜查，没有发现任何异物，准备离开的时候发现试衣间门口仍旧堵满了人。

"让开。"余光道。

郝店长皱着眉头说道："老余，你干什么呀？你已经因为那件事丢了经理的位置，现在在女试衣间里……你会被开除的！"

在场的其他店员都知道郝店长说的那件事就是余光性骚扰女顾客的事情。

余光没说话，推开人群离开了。

二　暴雨将至

小陈那边的进展还算顺利，报完警组织了23个保安队员开始做疏散工作。之前余光还是商场经理的时候对工作认真负责，对所有同事一视同仁，所以大家都比较信服余光，无论是之前，还是现在他只是一名普通的保安。至于余光性骚扰女顾客的事情，他没再提，也没人敢问。

不过保安队长老王溜了，因为余光一直是他的眼中钉，毕竟余光降职后依旧随和，说的话大家爱听，也乐意去办，弄得就跟他是队长似的，老王像被架空了一样。

"我们两人一组，已经开始疏散了。"小陈边疾走边用对讲机通知余光。

收到信息后，余光对着对讲机强调道："千万注意别慌乱。"说完进了二楼的卫生间，在所有能藏东西的地方进行了仔细地检查，当然包括女厕所，均一无所获。

余光的耳边仿佛听得到秒针一直嘀嗒嘀嗒转动的声音，而且声音越来越大。他擦了一下额头的汗，尽管商场里的冷气开得很足，但余光仍旧感到燥热。

在偌大的商场里找一枚炸弹，一个人根本做不到，余光只有继续赶往下一个姓张的出现过的地点。

突然，商场里响起广播，一个温柔的女声播报道："保安队余光先生，有你的紧急电话，请速到前台。"接着，前台又重复播报了一遍。

余光没有理会，再紧急的电话也没有找到一个随时爆炸的炸弹紧急。片刻后商场广播又响起了："余光先生，有张先生的紧急电话，请速来前台。"

张先生！余光身体一僵，是他！绝对是他打来的电话！

余光飞速跑下楼，直奔前台，拿起电话说道："是你。"

电话那头回应："没错，是我。"

余光问道："你要做什么？"

张先生道："你还能接电话说明警察还没赶到，而你，也没有找到炸弹。"

余光道："是。"

张先生道："我就是担心你找不到才打这个电话来，如果找不到炸弹，炸弹就无法在那么多人面前露面，不露面群众根本就不知道有炸弹，不知道就不会怕，不怕就不会慌，不慌就不好玩了。所以，炸弹在三楼男卫生间第四个隔断的天花板上面。"

啪的一声，姓张的挂了电话。余光随手扔掉听筒，立即跑上三楼。进到卫生间，余光踹开第四个隔断的门，有一个顾客正在大解，余光直接揪住顾客的领子，把他拽了出来。

"你有病啊！"顾客提着裤子喊道。

余光看向顾客，露出刀子一样的寒光，顾客被吓到了，骂骂咧咧的声音开始变小，然后战战兢兢地走了。

余光迅速站到马桶上，小心翼翼地打开正上方的天花板，果然看到了一个黑色的东西放在边缘。深吸一口气，余光准备用手机伸进去拍个照片看看，摸到手机的时候才想起早已没电关机了。他出了隔断，拿起地上的垃圾桶用力砸向洗手池那面墙上的镜子，镜子应声而碎，余光捡起来一块再次回到隔断。

他拿着镜子的一个角，把手缓缓伸进天花板里，通过镜子的成像原理看到一枚香皂大小的黑色炸弹，周围红色、蓝色和黄色三种线乱糟糟地交织在一起，上面有一个计时器正在倒计时，还剩3分51秒。

来不及了!

"警察到了吗?"余光拿出对讲机问道。

电流声过后小陈回答道:"还没有。"

"顾客疏散得怎么样了?"余光又问。

"12个小队,6楼5楼4楼的顾客都已经安全疏散,只剩下3到1楼的顾客了。"

"我找到炸弹了,倒计时不足四分钟,疏散顾客和等警察到都来不及了。"余光让自己尽量保持平静。

"那怎么办?余哥,怎么办……"小陈那边已经慌了。

余光出了隔断,擦了擦手里的汗,感觉很黏,于是顺便洗了把脸,然后才说道:"我拿着炸弹离开商场,我现在在三楼卫生间,你们给我开出一条路来。"

小陈立即说道:"好好好……我马上到。"

余光开始活动自己全身的所有关节,不然在拆炸弹的时候因为过度紧张外加肌肉紧绷导致炸弹提前爆炸就彻底完蛋了,不仅自己被炸成碎片,还会连累商场里成百上千人跟着受伤,甚至陪葬。

呼出一口气,余光重新站到马桶盖上,双手缓缓向上伸,轻轻触碰到了炸弹。他保持着双手的动作,深吸一口气,然后双手抬起,把炸弹稳稳地捧了出来。上面的倒计时还剩下2分49秒。

余光用衣服蒙上炸弹,然后如履薄冰地走出卫生间,小陈和同事们已经到了,开出一条仅能并排通过两人的"生命通道",因为周围围满了不明所以的顾客。

"大家退后,让一让,让一让……"小陈高声喊着。

余光顺着路走向直梯,电梯门开着,有同事在一旁守着。余光乘电梯到一楼，顺着"生命通道"继续往外走，忽然围观人群里有人喊了一句："什么东西啊，这么神秘？"

这一句就像是打开开关一样，所有人开始议论起来。

"不会是炸弹吧？"有人小声说。

经过传播，疑问变成了肯定，开玩笑的语气变成了沉重的语气。"炸弹！是炸弹！"有人高喊。

几乎是瞬间炸开了锅，人群攒动。很快，楼上的人也跟着动了，害怕的尖叫声、被挤倒后的怒骂声、浑然不知的疑问声、孩子的哭泣声……无数令人头皮发麻的声音交织在一起，如同一锅沸腾的粥。

余光稳住下盘，顺利小跑着出了商场，总算舒了一口气，但也只是第一口气，接下来的任务更艰巨，因为炸弹暴露在了城市里，暴露在了熙来攘往、车水马龙的繁华街口。

1分32秒，1分31秒，1分30秒，1分29秒……余光迅速奔跑起来，他必须在倒计时走完之前把炸弹带到一个人相对较少且相对空旷的地方。

可这里是市中心啊！从未有过的绝望如一颗子弹打过来，穿透余光的身躯。余光抬起头甩了甩，试图把流进眼睛里的汗水甩出来一些。他看到头顶上密布的灰色云层，好像一直在往下压，他觉得自己更加透不过气来。

闷热黏稠的风吹过，灰黑色厚重的云层似乎又聚集了一些，一场酝酿了几天的特大暴雨就要来了。

等一下！余光忽然想到什么，下意识放缓了脚步。雨？水？没错，水！环城水系的民心河穿过这里，距离现在余光所在的位置只有500多米！

余光低头看了一眼倒计时,还剩下1分17秒,倒吸一口凉气。普通人一般一分钟能跑三百多米,那些平时经常运动,体力较好的人也就能跑四百米左右,运动员可以达到五百米。余光当然不是运动员,他只能赌一把,把命赌进去。唯一幸运的便是,剩下的时间比一分钟多出十几秒,也只有这十几秒。

十几秒能做什么?在平时,几乎稍微大一点的事儿都完不成,但是现在,余光只有一个选择——跑。

他的双腿麻木,逐渐开始丧失知觉,但是他的大脑异常清醒——绝对不能停下。穿过人群,他看到了民心河岸,河岸上的石头上刻的"民心小景",在余光看来便是"希望"二字。

炸弹上的时间还剩下4秒钟,余光距离河岸虽然仅有一步之遥,但他知道,来不及了,跑不到河岸了。千钧一发之际,他只有再赌一次了!

距离炸弹还有4秒余光用力抡起手臂,把炸弹朝着民心河的方向抛了出去,他在心底撕裂般呐喊着,一定要扔进河里!一定要丢进水里!求你了!

余光不知道求谁,更不知道能求谁。求老天,还是在求自己?事实上,他没人可求,现在不是命运的祈求或者抉择,而是概率问题。或者说,余光把命运赌在了概率上。

炸弹在空中急速翻滚着,倒计时的数字已经看不清了,只剩那么几秒就算是不看也清楚即将归零,更清楚归零意味着爆炸。

距离还是有点远,炸弹落到河岸内侧边缘的那一刻余光崩溃了,他下意识趴在地上,然后大喊着:"趴下,有炸弹!趴下,炸弹啊!"

人群尖叫着四散逃去,只有一个小女孩茫然地站在河岸边,她吓坏了，站在那里哭泣着，嘴里含糊不清地说着什么。

余光重新爬起来，大步冲向小女孩，中间险些摔倒。触碰到小女孩的那一刻，余光把她揽入怀中，然后自己弯成一只巨大的黑虎虾的样子，把小女孩死死地护在身下。

余光紧闭着眼睛，等待着命运的宣判，然而十几秒过去，耳边除了河水流淌与怀中的哭泣声，没有听到爆炸声，也没有感受到热浪以及因爆炸产生的碎片的击打。

余光看向炸弹落地的方向，它完整地放在地上，上面的倒计时已经归零了，它就像是跟城市里的数以千计的生命开了一个巨大的玩笑。

余光抱起小女孩，带她到远一点的地方，然后回到河岸查看，炸弹落在大理石地板上后磕坏一个角，流出了一些沙子似的东西到地面。余光大着胆子用手捻了捻，发现真的是沙子。

余光长舒一口气，然后用力揉着自己的太阳穴，露出久违的笑容。

突然，一阵沉闷的雷声响起，豆大的雨点往下砸，几乎是瞬间连成线。

这场迟到很久的暴雨终于来了，雨越下越大，雨幕模糊了整座城市。

余光冲着民心河面大喊了一声，然后筋疲力尽地倒在地上，他闭上眼睛，任由雨点无情地砸在脸上。

忽然，余光大笑起来——空旷的民心河岸，一个在雨中满地打滚大笑的男人。

好奇怪的人。

如果此时有人比较的话，没人能分得清姓张的是疯子，还是余光是疯子。

"叔叔，你没事吧？你是哪里不舒服吗？哪里疼吗？"一个清脆悦耳的声音在余光耳边响起。余光抬头看，刚才那个小女孩又回来了。

"我没事。"余光坐起来，跟小女孩平视。她的眼神干净透明，余光想，这种眼睛里才会充满了希望。

余光把制服外套脱下来遮挡在小女孩的头顶："回家去吧，告诉爸爸妈妈你今天淋雨了，让他们帮你预防感冒。"

"谢谢叔叔。"小女孩挥手告别，消失在密集的雨幕里。

一道闪电，白光刺穿雨幕，重新照亮被乌云遮蔽的城市，紧接着惊雷炸响，经久不息，余光站起来，收起假炸弹，准备回去，隐隐听到了不远处急促的警笛声。

三　暴力大叔

司正："给你猜个谜语。"

素问："什么谜语？不难吧？"

司正："很简单的。山有木兮木有枝，心悦君兮君不知，打三个字。"

素问："猜不出，哪三个字？"

司正："我爱你。"

素问："我也爱你。"

司正："再给你猜一个——空中飞一头猪，打三个字。"

素问："什么跟什么啊？这么无厘头的谜面，谁能猜得中，谜底是什么？"

司正："我爱你。"

素问："谜底和谜面有什么关系？"

司正："无所谓啊，再给你猜一个。今天早上我六点钟起床，吃了一份早餐，然后去跑步，还是打三个字。"

素问："不知道。"

司正："我爱你。"

素问："好吧。"

司正："笨啊，再猜一个，最后一个，一横一竖一横，三个点。"

素问:"打三个字?"

司正:"没错,三个字。"

素问:"我爱你。"

司正:"我也爱你。"

窗外的暴雨还在持续下着,雨水砸到墙壁、窗户、地面上,车辆的声音带着夏天独有的急促与不耐烦。素问呆站在窗前,手里握着手机,就在刚才她翻看了一段与司正的聊天记录,心里如眼前的暴雨一般在哭泣。

司正,你是天底下最坏的男人了。

素问试图给他冠上各种名号,以缓解自己的难过。她也知道没有用,因为她试过太多遍了。但是除了找他和想他,素问不知道还能做什么。

此时,素问在病房里,右脚踝骨折,打着石膏拄着拐杖。就在两个小时前,商场里有人喊有炸弹,大家慌乱逃离,素问本就羸弱的身体被人流挤倒,崴了脚,雪上加霜的是被人重重踏上一脚,脚踝直接骨折。如果真的发生爆炸,后果不堪设想,想到这里,素问有些后怕。幸好现在在医院里,伤得不算严重,她第一次觉得医院给人踏实安心的感觉。

素问住的病房是六人间,除了病人和陪床的人,再加上其他病人的家属被暴雨困住了,所以病房里的人格外多,人一多就热闹,素问其实不是一个喜欢热闹的人,她拄着拐缓缓走出病房到一楼的便利店买了一些水果和水。回病房的时候在走廊看到一个熟悉的背影,尽管他坐着轮椅,但素问还是第一眼就认出了他就是自己在咖啡店门口撞到的那个大叔。

"嘿,大叔,好巧啊。"素问轻声喊了一句,然后拄着拐杖走了过去,高卓回头,看到拄拐的女孩有些疑惑。

"不记得我了?"

"眼熟。"

"今天在咖啡厅门口,我撞了你,咖啡还洒到你西装上了。"

高卓恍然大悟地笑了笑,想起了这个有礼貌的姑娘。

素问看着大叔腿上的石膏和身下的轮椅,不自觉地笑出声音,"大叔,你这是怎么回事?一会儿不见你怎么把自己弄成这样了?"

高卓打量了拄拐杖的素问,说道:"你的状况比我好点。"

素问又笑起来,轻盈莞尔,如夏日里远山中的一股清泉。不知道为什么,素问见到高卓总有一种亲切感,或许是他的年纪跟父亲相仿,或许是父亲也佩戴着一副老样式的银边框架眼镜,亦或许是自己好多年没有见过父亲了,甚至不曾通过一次电话。

多少年呢?久到素问自己都懒得去算了。反正是很久很久了,很多记忆都模糊在了夏天潮湿、黏稠的风里。她为数不多的清晰记忆便是父亲走的那天,也是一个夏天,下着雨,12岁的自己,穿着大两圈的雨衣在后面跑,无论怎么跑都追不上那辆黑色的野马。

也是那天,母亲把她带回了家,两个人全身都湿透了,就站在客厅里,身上的雨水顺着衣服往下滴,在脚下形成一摊水迹。记忆中,素问不确定母亲有没有哭,但是她清楚地记得自己一直在流眼泪,冷得打寒战,边哭边听母亲的骂声:"你追他干什么?没那个人咱们活不下去吗?就显得你有良心吗?下这么大雨跑出去,被车子撞到怎么办?"

"以后不许叫他爸爸,你没有爸爸,从来都没有。"

"你要是敢偷偷联系那个人,我也就不要你了,把你一个人丢在大街上,风吹日晒雨淋……"

"问问,妈妈对你来说才是最重要的,其他人不重要,你明白吗?就算现在你不明白,将来你会明白的,长大了你就明白了……"

"问问,妈妈只有你了……"

不久,爸妈离婚的事情不知道是怎么被同学们知道的,他们虽然不明白"离婚"两个字的含义,但是明白素问没有爸爸了。没有爸爸,意味着素问经常被捉弄,被欺负。所以,后来司正的出现是素问生命里的一道光。

而这道光,也在不久前熄灭了。

一声惊雷把素问拉回现实,刚才一瞬间的恍惚让她掉入了漫长而久远的回忆。

"大叔,你们病房人多吗?我们病房人可多了,吵得我头疼,如果你们病房人不多的话,我可以进去待一会儿吗?"素问扬起拎着的水果,"请你吃水果。"

高卓摇着轮椅向着走廊尽头移动:"我也讨厌吵。"说着高卓停下了,推开病房门,摇着轮椅进去。

素问跟了上去,这是一间单人病房,虽然不大,但是独立卫生间、淋浴间等能满足生活需求的东西一应俱全,如同一间公寓酒店。再对比多人病房,这里简直就是豪华VIP病房。看得出,大叔不缺钱。

素问坐到沙发上:"谢谢。"

高卓又来到窗前,观察着外面宽广街道上的人群说道:"不用谢。"

素问吃了一颗草莓,问道:"大叔,你吃不吃?"

"谢谢,你自己吃就好。"高卓依旧背对着素问,"你的脚怎么伤的?"

素问摸着自己的胸口说道:"你想象不到我两个小时之前经历了什么,一个人一辈子能经历一回这种事,概率堪比中彩票。"接着,素问绘声绘色又胆战心惊地讲了商场有炸弹的事情,然后一连吃了六颗草莓压惊。忽然,素问意识到平时话少的自己竟然跟大叔说了这么多话。或许是因为他跟父亲的年纪差不多吧,或许是父亲也总是戴着一副老式的银边眼镜,亦或许是他散发着某种信号,令人在他身边能感觉到安全,感觉到踏实。

素问不知道是哪一个原因,或者三个原因都有,甚至还有更多的原因。搞不清楚也无所谓吧,能多一个人说说话,聊聊天,有助于疏解内心的焦虑与不安,尤其是那些压在心底的东西,能得到片刻喘息。她心里压了太多的东西,很重很重。

"真的惊险,你也挺了不起的,竟然一点儿都不怕。"

"我怕得要命,只不过是我擅长掩饰。"

"擅长掩饰?"

"很重要的,很多很多事情都需要认真掩饰,有些事令你害怕,如果你表现出害怕,就会有更糟糕的事情等着你。还有那你不愿意接受又被迫接受的事情,藏起来对自己来说会更容易接受,活得更轻松一些……"

"小小年纪,你懂的人生道理还挺多的。"

"是司正告诉我的。"提到他的名字素问的心就像忽然被一根纤细的针扎了一下，有点疼，有点痒。素问赶紧转移话题，"大叔，你的腿是怎么回事？看着就疼。"

高卓控制轮椅转过身来，不疼不痒地说道："让人拿棒球棍生生打断的。"他语气淡得就像被断腿的是别人似的。

素问一脸惊愕，倒吸一口凉气，无数根被拧断的芹菜在她脑海里一闪而过，能想象得出有多疼，就像直接用蛮力把骨头掰断。想象引发连锁反应，素问打着石膏的脚踝似乎跟着疼起来了。

高卓接着说道："别害怕，我不小心招惹了一些人，误会都解开了，他们更不会找到医院来。"

"大叔，你是做什么的呀？"素问降低了声音问道。她倒不是多害怕——虽然是孤男寡女共处一室，但这是在医院，而且一个拄着拐杖，一个坐着轮椅，就算大叔是坏人，素问也比坐轮椅的行动更便捷。

"我很久没有去上班了，随时可能会失业。"大叔从身上拿出一张名片递给她。

"高卓……"素问缓缓念出他的名字，然后道，"我叫素问。"

"名字很好听。"

"谢谢。"素问故意道，"你名字很普通。"

"谢谢。"高卓嘴角轻轻扬起，刚才微微的尴尬被成功打破。

关于高卓为什么得罪一些坏人，以及为什么处在失业的边缘素问没有问，她从来不强迫别人去说他不愿意说的事情。总之他们聊得很愉快，因为后来素问开始随口喊他老高，高卓还挺愿意听的。

只是素问不知道的是，她第一声喊"老高"的时候高卓慌了神。他想起女儿15岁生日那年，自己给她买了妈妈一直不同意养的蜜袋鼯做生日礼物。女儿很开心，搂着高卓的脖子说道："爸，你对我太好了，我爱死你了。"

妈妈在一旁提醒道："生日呢，不许说那个字。还有，你别高兴得太早，今天是你的生日，而且你爸帮你顶着雷，我暂且放过你，如果你因此成绩下降我就把你的宠物喂了隔壁家的猫。"

高以云道："妈，你好残忍啊。"

高卓小声在女儿耳边说道："你放心，我会像护着你一样护着你的宠物。你妈就是嘴上说说，她内心善良着呢。"

高以云道："爸，我以后不想喊你爸了。"

高卓微微一怔："那你想喊我什么？"

"老高。"

"不错。"

"老高同志，今天小高很开心。"

"小高开心就好。"

"谢谢老高，老高太靠谱了，我爱你老高。"

素问回到六人间病房已经是晚饭时间了，病房里清静了很多，只剩下一个胳膊骨折的中分发型男人和在他隔壁床的中年女人。他们在吃饭，素问吃了一肚子水果，不打算再吃晚饭。她把拐杖放到一旁上床休息，听着窗外急促的雨声，她的眼皮开始沉了。

素问做了个梦，梦到足足找了司正十年之久，她终于放弃了。可是偶然间，在街头遇见了司正，他的身边站着妻子和5岁的女儿。司正的样子没变，仍旧如冬日暖阳一般，平静如水又深邃的眼睛，令人安心。妻子漂亮贤惠，穿的衣服很有品位，脸上的妆容透着精致。女儿眼睛很大，古灵精怪，紧紧拉着爸爸妈妈的手，笑起来脸颊凹进两枚酒窝，如天使一般可爱。

"嗨。"素问还是败了，她忍不住打了声招呼，"好久不见。"

司正看着素问，眉头微微皱起："你认错人了吧，我不认识你。"

素问不明白司正为什么要装作不认识自己，她指着自己道："你好好看看我，我是素问，我们……"

司正打断道："不好意思，我不认识叫素问的人。"

素问拦住他们的去路："司正，你再看看我，高中三年，大学四年，你对我说过三千七百八十二遍我爱你，现在你说不认识我？"

司正极力否认："对不起小姐，你真的认错人了，我说过了，我不认识素问，我也不叫司正。"

素问还想追问下去，十年之后好不容易再遇见怎么都要问清楚。他女儿生气地推开了素问，叫嚷道："你离我爸爸远点，休想抢走我爸爸！"

这句话让素问知道，眼前这个男人就是司正，而且他的妻子和女儿很可能知道自己的存在。

是你跟他们提到过我吗？还是你的妻子问过：你有过几个女朋友？

素问看着司正的眼睛，问道："告诉我，你当年为什么突然不告而别，只留给了我'分手'两个字？你告诉我答案我就走。"

"我老公都说不认识你了，你还要在大街上堵住别人的老公，怎么这么不要脸？"原本端庄的妻子立即变为泼妇，就在素问满脑子问号的时候，泼妇妻子忽然张开血盆大口，冲着素问就咬了过来。

素问惊醒，她坐起来捂着胸口大口喘气。这个噩梦对于素问来说可怕的不是那个女人忽然变成了要吃人的怪物，而是司正有了新的爱人，甚至有了家庭，还有了孩子。

如果非要给司正的不告而别找一个理由的话，这样的理由似乎最合理，也是大多数人认可的。

但是素问对他们的感情是有信心的，她一万个肯定，司正的分手与"消失"绝不是因为他们的感情出了问题。

那又是因为什么呢？

此时，素问总觉得一直有人盯着自己。她环顾房间，所有病友都回来了，各自玩着手机。她看向窗外，天已经黑了，原来自己睡了这么久了。

很快，医生过来查完房，熄了灯，大家都陆续睡了。由于走廊的灯很亮，所以病房里也被映照得比较清晰。素问仍旧觉得有一双眼睛躲在黑暗里肆无忌惮地盯着自己看。

素问的骨折不严重，没做手术，所以没有穿病号服，白底碎花衬衣和黑色牛仔短裤，把她原本就修长笔直的双腿衬得更加光滑白皙。素问用毯子盖在腿上的时候，听到中分男人发出一声细小的失望的叹气声，她知道，目光来自那里。这让素问浑身起了鸡皮疙瘩。

中分男人下了床朝着素问走过来，坐到她床边的椅子上。素问向后退，直到背部抵住床头，无路可退。

"别害怕，我就是想认识认识你，交个朋友嘛，平时没事的时候可以一起喝两杯，放松放松，抒发一下生活的苦闷。"中分男人微笑着说道。虽然他看起来斯斯文文的，但是这个笑容让素问觉得反胃。

"对不起，我不喝酒。"素问道。

"不喝酒没关系，可以喝果汁嘛。"

"对不起，我平时不爱社交。"

"哎哟，那你得错过多少人生的精彩啊，试试嘛，没准就喜欢了呢。"

"我比较喜欢一个人待着。"

"这样不好，会闷出病的。你应该多出门，尤其是夏日的夜里，灯红酒绿，丰富多彩，你长得这么漂亮的腿不多展示展示简直是浪费，不，应该是暴殄天物。"说着，中分男就要去拉素问盖在腿上的毯子。

"你要干什么？"素问紧紧抓住毯子。

"医院的冷气简直太糟糕了，跟没开一样。毯子这么厚你不热吗？"中分男人说得很自然，显得特别轻车熟路，他做这种事情已经不是第一次了。

"这里是医院，病房里还有其他病人，而且护士站离得不远，如果我叫一声，你知道后果的。"

"我又没怎么着你，只是想跟你交个朋友，顺便关心一下你的冷暖，能怎样？"

"请你离开，回到你的病床。"

"晚安。"

中分男回去了，素问用毯子整个蒙住自己，但是仍然觉得中分男人在盯着自己看，而且还有可能备好了纸巾擦流下来的口水。素问掀开毯子的一角，看到中分男没有躺下睡觉，而是靠在床头，分明继续在盯着看。

恶心，恶心透顶。

素问在病房里一分钟都待不下去，她下了床，离开病房，坐在护士站一旁的椅子上。这里能让她有点安全感。

没多久，中分男人也出来了，他路过素问小声说道："你总不会一宿不睡吧？"说完朝着厕所的方向走去。

素问干呕了三四下，晚饭什么都没吃，没东西可吐。护士站的护士关切地问道："你哪里不舒服吗？"

素问连忙摆手："没事，我没事。"

护士温柔地说道："如果你有什么问题随时找我们。"

素问道："谢谢。"

中分男人说得没错，素问不可能一宿都不睡，就算在椅子上凑合一宿，那第二天呢？第三天呢？第四天呢？住院的这段时间总得回病房的。而中分男人什么都不做，每天这么窥视自己，又能拿他怎样呢？

素问站在了高卓的病房门口，里面的灯还亮着，他应该还没睡。此时她就像一个遇到困难的小女孩，站在父亲的书房门口求助。可是素问明白，高卓只是她刚认识的一个与父亲年纪差不多大的朋友，而自己，与父亲分开多年。那些本应该父亲提供帮助解决问题的时刻，几乎全部缺失。

素问不知道怎么开口，但她又不知道还能找谁，最终还是决定自己忍着，毕竟跟老高才刚刚认识一天，多聊了几句而已。

就在素问转身离开的时候，门被拉开了。高卓看到素问问道："你找我？"

素问回过身来说道："也没什么事儿。"

高卓道："刚才饿了，叫了外卖。正好，你陪我一起到楼下去取，边走边说。"

在高卓的追问下素问还是说了遇到的麻烦。高卓要素问把中分男叫去卫生间，他要跟这个中分男人聊聊。

中分男人当然很乐意前往，到了卫生间素问站在洗手池旁边示意中分男人进男厕所，说有人要找他聊聊。

中分男人疑惑地问道："不是咱俩聊聊吗？"

素问道："你们先聊，然后咱俩再聊。"

中分男人："我跟别人没什么好聊的，我只想跟你聊。"

忽然，男卫生间的门开了，高卓坐在轮椅上，温文儒雅地说道："这位先生，麻烦进来一下，我有几句关于素问的话想跟你说一下。"

中分男人一看，只是一个坐着轮椅年过半百的男人，对自己根本构不成任何威胁，何况还是在医院里。他进去把门关上后，高卓说道："我给你两个选择，第一，转病房，以后见了她躲着走，第二，转院。"

中分男人讥笑道："想唱一出英雄救美啊？你也不看看自己什么岁数，对了，你是不是忘了你还在轮椅上坐着呢？你跟我逗呢！"

"我在认真跟你谈，我提出的是最有效的解决方案，你只需要选一个。"

"我选外面的小妞。怎么了，她是你的女人啊？看你穿得挺体面的，应该是个有钱人，别那么小气，分享一下嘛！"

高卓的眼睛里闪过一丝寒意，他先发制人，拿起一旁的拖把，用拖把杆用力戳在他的肋骨上！中分男人没想到面前坐着轮椅的人突然动手，一时没有反应过来，他双手环抱住自己的身体，瞬间丧失基本的还手能力，与此同时，高卓用拖把堵在了他的嘴上，让他叫不出声。

中分男人疼得眼泪都掉了下来，想还手但动不了，只能在那龇牙咧嘴，像一只痛苦的蛆。

高卓冷冷地说道："她是我女儿。"

中分男人缓过来一些，他准备动手，高卓根本不给他机会，又是一下，拖把杆直接戳在了他的右眼上。中分男人要惨叫，又被拖把死死堵住了嘴，只能捂着眼睛哼哼唧唧。

高卓非常平静："眼睛很有用，是恩赐，该看什么不该看什么自己心里有点数，你做这种事情肯定不止一次，今天算是个教训，下次再想办坏事的时候希望你能想起来今晚眼睛受的伤。"

素问在外面听到了几声闷哼和一些沉闷的击打声，她担心高卓吃亏，毕竟他年纪大了，还坐着轮椅，如果真动起手来，老高再断条胳膊、折根肋骨，就伤上加伤了。素问直接冲进了男卫生间，被眼前的一幕震惊了——中分男人正躺在地上打滚，高卓正拿一张湿巾擦手。

"老高，发生了什么事？"素问惊讶地问道，"你没事吧？"

"我很好，这位先生说明天转院。"高卓把湿巾投进垃圾桶，"推我回去吧。"

回到高卓的单人病房，素问仍旧充满了担忧："你们怎么谈的？还真动手了？你伤到哪里了？"

高卓指了指桌子上的空杯子，示意素问帮忙倒杯水，然后说道："他肋骨断了一根，右眼受伤，至于伤情如何我不知道，反正下手挺重的。"

素问咋舌："老高，你脾气这么暴躁吗？看你的穿着、谈吐以及跟你相处的感觉，不像个暴躁的人啊。"

高卓道:"以前或许不是,现在是,以后谁又知道成为什么样的人呢?人一直在变,不是吗?"

素问叹了口气:"对呀,人一直在变,有时候还挺突然的。比如我男朋友,前一天还在计划着怎么给我生日惊喜,晚上就收到了他的分手短信,然后人也消失了,杳无音信,再也找不到了,至少到今天我都没有找到他。"

"你恨他吗?"

"恨啊。"

"或许死了。"高卓其实不擅长安慰人,他说完便有些后悔了。

"还真没准儿。"素问知道高卓的用意,她没有生气,有人一起吐槽还挺解压的。

高卓把杯子里的水喝完后说道:"抱歉我刚才那么说,我的意思是,如果你男朋友真的爱你,他会回来给你一个解释的。"

素问笑道:"我没有生气,真的,这种可能我想过,概率很大的。"

高卓道:"你把他照片给我,我顺便帮你找找。"

"你也在找人吗?"

"对,一直在找。"

"什么人?"

"杀害我女儿的凶手。"

素问终于理解了高卓解决问题的暴力行为,也明白了一个儒雅的中年男人是如何一点点被生生改变的。素问旁敲侧击问了凶手的特点,虽然高卓一再强调不要插手他的事情,太危险,但是素问还是擅自决定要帮他。两个人总比一个人找到的概率要大一点点吧。

素问也不怕危险,大不了夏日重启,再来一遍。

此时,突然一声巨响,然后伴随着玻璃破碎的声音。窗外有人大喊道:"有人跳楼了!"

素问和高卓来到窗前,对面住院大楼十六层的其中一扇窗户破了,屋子里挤进来很多人,似乎在拉扯,乱糟糟的。

高卓指着桌子对素问说:"中间抽屉有望远镜。"素问挂着拐杖好不容易挪过去,把望远镜拿给高卓。

高卓把望远镜的倍数调高,对面楼里的情况看得清清楚楚:"应该是对面那个房间有人要跳楼,用椅子砸破了窗户。"

"人怎么样?"素问紧张地问道。

"几个人拉着一个穿病号服的男人,应该是没跳成。"高卓道,"又是他?我白天在十楼的小花园见过那个病人。"

"谁啊?"素问拿过望远镜看过去,三个病友和两个男护士死死按住一个男人,那个男人的眼睛缠着绷带,一直在挣扎,"他的眼睛怎么了?做手术了吗?"

高卓道:"听人说是瞎了,在一场大火里失明的。"

"唉,医院里最不缺悲伤的故事。"素问说着透过望远镜看到一个戴着鸭舌帽和口罩,穿着黑色长袖衬衣和长裤的女人走了进来。

女人走到失明的男人跟前,好像是说了几句话,那个男人便安静了下来。

"真是一个奇怪的女人,衡州市这么闷热的夏天竟然把自己包裹得那么严实。"素问喃喃道。

四　至暗时刻

1603单人病房里,季白仍旧没有脱掉鸭舌帽和口罩,尽管躺在床上的安易双眼失明,什么都看不见。

"如果你今天自杀成功的话,我过来见到的就是一具尸体了。"季白边剥芒果皮边说。她的语气很轻松,动作也很悠闲,好像谈论的根本就不是生死,而是手里的芒果有多香甜。

安易没有说话,静静地躺在床上,但是他胸口剧烈的起伏证明他没有睡着,他还处在刚才激动的情绪中。

季白把剥好的芒果递给安易："吃不吃？"

良久,安易没有出声。

季白把口罩从下往上掀起一点,刚好露出红唇,咬了一小口芒果,然后赞道："嗯！甜！水果店老板没骗我,果然不错。"

直到季白吃完一整个芒果,安易才翻了个身开口了："我死了更好,死了清净,别人也轻松,我也轻松。"

季白从椅子上起身,坐到安易床边,顺便用力拍了一下他的屁股："轻松个屁,你寻死后这个夏天从头再来,你还是看不见,你还是得崩溃,你还是要死要活的。"季白叹了口气,继续说道,"经过前几次循环你也没有什么改变,最起码心境上从容一点吧。"

安易瞬间皱起眉头说道："我讨厌！我讨厌改变！我讨厌看不

见世界！我更讨厌看不见你！"

季白心里一甜，轻声笑道："是不是想念我的盛世容颜了？我就在身边，你可以牵着我的手，或者抱着我，想一下。他们都说人看不见之后其他的感官会很敏感，我想，我在你脑海里的样子是清晰的。"她顺势躺下，抱住安易，"我希望我在你脑海里的样子是完美的，是永恒的。"

安易道："我讨厌永恒！"

季白重新站起来，问道："你还讨厌什么？"

安易道："我讨厌一切！"

季白微嗔道："这一切也包括我对吧？"

安易道："当然不是，你知道的，你对我很重要，我只是……只是很痛苦。"

季白更加生气，边倒水边说道："你以为就你一个人痛苦？我的痛苦你根本就不知道，你也从来没有问过我，更没有关心过我的痛苦。"季白把一整杯水喝下，长叹一口气又说道，"懒得跟你吵。"

片刻，安易道："我也不想跟你吵。"

接着便是良久的沉默。季白又吃了一根香蕉，安易翻了个身，然后叹了口气，两人还是没有说话。最终还是季白先开口了，因为没有哪个女人能忍受因矛盾或者是激烈情绪而引发的沉默，冷暴力会让季白疯掉的。

"好了，就这样吧，别折腾了，一遍一遍死，一遍一遍重来，一遍一遍崩溃……安易，通过几次尝试，你的眼睛或许是注定了的。咱们好好生活不好吗？反正都过不去这个夏天，不如咱们就在这个夏天里找一点新的希望，找一点新的人生体验，去发现一点不同的精彩。"安易没有任何回应，季白继续说着，"我算是想明白了，其实我真的就想跟你好好谈个恋爱，享受被爱与爱人。咱们好好在一起，我不工作了，我赚的钱够咱们开销，反正夏天过完也要从头来过，就相当于我的钱永远花不完。你想想，这样其实也挺好，真的挺好的，就相当于我们免费拥有百样人生。"

"你觉得我说的有道理吗？"季白又问道。

安易轻轻地"嗯"了一声，像是有意无意发出来的，又像是在清嗓子，这让季白的耐心瞬间消失殆尽。

"你清醒一点，我们困在夏天的循环里了，出不去的！而且你的眼睛也注定在这个循环里一次又一次地失明！"季白重新倒了一杯水，直接浇到了安易的头上。

"你有病吧？"安易失控地大声叫道。

"我们不能总生活在阴影里，重回阳光也不是靠时间的推移，因为时间对于我们来说是一个圆，只要我们想，我们就可以重新站在阳光里。"季白走到病房门口，手放在门把手上，"希望你能明白。"说完，她便离开了。

即使是晚上，医院门口也停满了车，陆续有看望病人的家属以及病人走进医院。季白穿过人群，却感到周围全是孤独。

回到公寓里，季白没有开灯，她蜷缩在黑暗里，忽然觉得胃有点痛。大概是水果吃多了吧，但是季白懒得从沙发上起来去找药了。忍着疼痛，似乎更能感觉在一遍又一遍的夏日循环里的真实。

谁又不是从黑暗里重新来过的呢？季白的黑暗简直是"灭顶之灾"。或许在别人看来，第一女主播有什么可痛苦的？名利双收，万众瞩目。一帮臭男人天天在网上捧着，榜一、榜二、榜三等金主拿钱砸，高级法餐想吃就吃，奢侈品牌想买就买，每天只需要两三个小时在镜头前说说话、聊聊天、佯装热情地谢谢打赏的粉丝，一切就全都有了。简直是令人艳羡的生活。

可是，她的黑暗，比死还要痛苦。

季白从沙发上起身，走到墙边用脚踩亮了地灯，然后边脱衣服边走向卫生间，当她把上衣完全脱下来丢进一旁的脏衣篮里后，右手手腕上露出三道触目惊心的伤疤，她用左手打开卫生间灯的时候左手手腕上也有四道同样深刻的伤疤。

她进入浴室，打开淋浴站在正下方，清水在她白皙的皮肤上流淌，她面向墙壁，在原地站着，一动不动。忽然，她的肩头开始微微耸动，然后越来越快，抽泣声开始若隐若现。终于，清水砸白瓷的声音再也掩盖不住哭泣声了。

洗完澡出来，季白打开了所有的灯，顿时房间变得明亮。客厅正中间那面空白的墙上挂着一幅季白的巨幅写真，可见她是多么自恋，但她的脸，确实精致漂亮，令无数男人神魂颠倒。

季白欣赏自己的美，陶醉自己的美，就像她欣赏那些欣赏自己美的男人的表情和眼神。

但一切都不复存在了，她所在乎的就像一栋精美的大厦，刚刚建好不久便轰然倒塌。

季白看着墙上绝美的写真，眼睛里再次噙满了泪水。她回到梳妆台前，开始卸妆，尤其是去掉脸上的肤蜡之后，季白的脸看上去竟是如此恐怖——五官扭曲，令人不寒而栗。

整容失败带给季白的痛苦远远不及失去美貌带给她的折磨，她宁愿身体上遭受万箭穿心的痛苦，也不愿失去曾经十分之一的美貌。

季白所失去的，是她最在乎的。在某种意义上来说，她觉得自己已经死亡，现在活着的只是一具行尸走肉。

曾经，她把家里的镜子一面一面打碎，她害怕看到自己的脸，但她又无数次地一面一面把镜子买回来。她的生活里不能没有镜子，可如果她一直涂厚厚的粉和大量肤蜡的话，脸迟早会烂掉。

如果说季白的人生还有希望的话，那安易便是她唯一的希望，这个一直循环的夏天，是她最不希望打破的梦境。

突然，手机响起。季白卸肤蜡的手抖了一下，这么晚了，谁还会打过来？安易吗？

季白拿起手机，是一个陌生的号码，犹豫片刻季白挂断了。手机刚放下，又响了，还是刚才的号码。季白想，连续打两遍应该是有什么重要的事情吧。

"喂？"季白接通后按了免提。

"好久不见，最近过得好吗？"一个男人的声音，而且是季白熟悉的声音。季白打了个冷战，迅速挂断了电话。

手机第三次响起，季白直接关机。她还有另外一部手机，知道的人很少，都是一些亲密的联系人，所以她也不担心安易找不到她。

季白继续去除脸上的肤蜡，她看着镜子里的自己，忽然自嘲道："我应该去本色出演画皮。"

话音刚落，卧室传出了来电铃声。季白起身到卧室去接她的另一部手机，却发现仍旧显示是陌生号码，季白记得号码的尾数，跟刚才来电一模一样。

他竟然知道这个电话号码？看来把自己查了个透明。

"我最近不好，特别不好，极其不好。"季白接电话。

"知道你不好,我就放心了,不,应该是开心。"电话里的男人说道。

"黑崎,我会把你打赏给我的钱都还给你,我已经退圈了,我会在互联网上消失,请你不要再联系我了。"季白很想用骚扰这个词,但是她忍住了。黑崎一直是她直播间礼物榜单的榜首,很有财力,现实中也应该有些势力,不然也不会把自己查得那么清清楚楚,这个号码都弄得到。

"我需要钱?我在乎钱吗?我在乎的是你啊,我倾国倾城的美人。"

美人或者说一切形容女人美的词,季白现在都听不了,她盯着镜子里完全毁掉的恐怖的脸,胃里在一阵一阵翻涌,她大概已经三天没吃过饭了,只吃了一些水果以及喝水。所以,现在她只能干呕,呕得喉咙又疼又痒。

黑崎听着季白难受的声音,却笑了起来。

这笑声,令季白感到恐惧。尤其是在漫长漆黑的闷热夏夜里,恐惧好像会生长一般,肆意把季白缠绕住,完全缠绕住,直到她无法呼吸。

"明天十一点,我们在第一次见面的餐厅见面,要来哦,我等你。"黑崎最后说道,"如果你不来,我就去找你。"

季白知道,黑崎不是说说而已,他真的会来找自己,而且会找到自己。再躲也没有用,只能去面对。那些必须要面对的事情早晚都会到来,有时候是在万全准备的状态下,有时候就像现在,惊慌失措。

黑崎挂了电话,季白握着手机怔在那里。片刻,又是一通电话把季白从恐惧的泥潭里暂时抽离出来。因为,来电显示上的名字是安易。

"我需要钱。"季白接通后安易先开口道。

"多少？"季白问道。

"很多，要现金。"

"你做什么用？"

"你只需要给我。"

"好，明早我去银行取了给你送过去。"

"上午我有检查，护工会全程带我去，你晚些时候来。"

"好，那我中午带饭过去，你想吃什么？"

"都行。"

"好。"

安易挂断电话，连一句"早点休息"都没有，也没有给季白说出"晚安"的机会。

季白不会跟一个双目失明的人生气，况且她爱他，就像她坚信他爱她一样。

季白倒在床上疲惫至极，但是无论怎样也睡不着，就这么睁着眼睛等到了天边泛白。失眠是令人绝望的，但等待季白的还有更绝望的。

她给自己准备了早餐——三明治和牛奶，但三明治一口都没能吃进去，只勉强喝了几口牛奶。

重新化了妆，选了一身非常素净非常低调的衣服，戴上帽子、墨镜、口罩，背上一只双肩包，季白出了门。她先后到四家银行取了钱，共取出20万现金，全放在双肩包里。

十点二十五分，轻语餐厅。季白选了一张靠窗的桌子等待黑崎，如同等待噩梦一般。

季白面前摆着一杯冰水和一些点心,她一口未动。中间有服务员过来细心询问要不要换热水以及点心是否有问题。

季白摇了摇头:"我等人。"

"在等我。"黑崎的声音出现在身后。季白的手攥紧衣角,没有回头看,直到黑崎坐到对面,她始终是低着头的。

"怎么,不敢看我?"黑崎拿起季白面前的冰水喝了一口,问道。

"我谁都不敢看,我没脸见任何人。"季白道。她清楚他的愤怒。

"帽子、墨镜、口罩,摘下来。"黑崎缓缓地说道,但是语气里分明带着强硬的命令。

良久,季白没动。

"我就坐在你对面,只是想跟你吃个饭,你这样,对我很不尊重。"黑崎边说边开始吃季白面前的甜点。

季白终于还是摘掉了帽子墨镜和口罩,露出已经用肤蜡和化妆技术"修补"后的绝美脸庞。

"真美啊。"黑崎叹道,"美得不可方物。"

季白沉默。

黑崎继续说道:"说实话,你经常让我想念,想念你的眼睛,想念你的侧颜,想念你的温柔,想念你表达欲望的真实,从不遮遮掩掩,我想念你在我面前的一颦一笑。"

季白面无表情地说道:"我不值得你挂念。"她现在几乎无法做任何表情。

黑崎点点头,说道:"没错,你不值得,你当然不值得,你以为你是谁?"他冷笑,"我在你身上倾注那么多感情和金钱,你就拿一张烂脸骗我？"

自从季白的照片被曝出去之后，戳破了她美颜滤镜下的所有谎言，更让她背负了所有的网络暴力与全民恶意，就好像犯下了永远不会被原谅的罪。季白觉得有一双无形的大手死死按住自己，无法动弹。尤其是在那些打赏过礼物的粉丝眼里，她从秀色可餐变成了面目可憎。不，应该是面目可憎的几何级增长。

见季白没有回答，黑崎继续说道："是不是跟我第一次见面的时候你的脸就已经烂了？"

季白没有否认，因为这就是事实，事已至此，说谎已经没有任何意义了。她点了点头，明确了答案。

"你知道吗，你让我恶心。我做噩梦，吃不下饭，瘦了三斤，心情差到极点，因此投错钱，损失了一笔不小的数目，这些都要算在你头上。对了，最最严重的是你让我在圈子里丢了面子，我无法抬起头来！"说这些的时候黑崎是面带微笑的，但是他盯着季白的眼睛变得猩红。

"我只是一个追求美的普通女孩，有今天的结果，我才是最难过最不能接受最崩溃甚至是最想死的那个人。"

"你是追求美还是追求虚荣？"

"我……"

"美还是虚荣你自己心里不清楚吗？你自己认真思考过这个问题吗？"

"我……"

"我觉得你不应该消失得这么彻底，应该常回家看看，毕竟是网络成就了你，粉丝成就了你，你不想念他们吗？"

被黑崎浑身散发出来的令人生畏的压迫感束缚着，季白说不出话来，她不知道黑崎要做什么，只知道他真的很生气。人一生气，就会做一些失去理智的事情。

"大家都很想念你，我帮帮你吧。"说完黑崎摆了一下手，不知从哪里出来两个戴着墨镜的男人，按住了季白的双臂。

"你要做什么？"季白努力挣扎着，但是两个男人的力气太大了，她根本就反抗不了。

"我忽然想起来，我们第一次在这家餐厅见面的时候你穿了一件旗袍，可真美，现在我还记得你当时的样子。"说着黑崎闭上了眼睛，嘴角上扬，"那件旗袍我是专门找人按照你的三围定做的，三万多，物有所值。对了，这件旗袍还在吗？"

季白机械地点点头。

"希望还有机会再看你穿一次。"

"你究竟要做什么？我的人生已经完了，放过我好吗？就当是可怜我。"

"你让我觉得像是吞了一只苍蝇。"

"那请你高抬贵手，放了我这只苍蝇。"

"人们看到苍蝇哪有不打死的道理。"

说完，黑崎开始无情地撕碎她的衣服，很快包裹严实的季白变得衣衫褴褛。

"不要！"季白环顾四周，想要求助，但是发现餐厅里除了黑崎一行人，已经空无一人了。看来黑崎是事先包下了餐厅，然后肆无忌惮地实施报复。

"放过我，求你了……"季白有气无力地说道。她已经被全网扒得几近透明，现在是她最后的"保护伪装"了。

"你穿得太多了，这么闷热的天气，我帮你凉快凉快。"黑崎笑着,"现在感觉怎么样？是不是凉快了很多？"

季白说不出话，她不知道接下来等待她的会是什么。

黑崎道："我现在给你两个选择，第一个选择是你自己卸妆。"

季白道："我选第二个。"

黑崎不紧不慢地说："第二个是我帮你卸妆。放心，我可是你的头号粉丝，会尽量温柔一些的。对女人温柔是绅士的义务，刚才我有点不绅士，为此我感到抱歉。"

季白身体僵在那里，任由黑崎擦掉她脸上的妆，去掉她脸上的肤蜡。黑崎一边有条不紊地操作着，一边用拉家常的语气说道："为了成为你的头号粉丝，我可是非常耐心地花费了不少时间，你是知道的，时间有限，很宝贵，尤其是我的时间。所以，肯为你花时间的人，一定是很喜欢你的人。连续两个月，我每天在直播间给你打赏一艘游艇，我在你的打赏榜上迅速攀爬，到最后我和第二名礼物金额相差七位数。你是因此感动的吗？所以才有了我们第一次吃饭。我至今记得那种期待跟你见面的心痒痒的感觉，很美好，是你带给我的美好。"黑崎继续说着，"吃完了饭，我提出约你看一场电影，电影票已经买好了。你却拒绝了我，我当时特意为那顿饭和那场电影腾出了时间，所以你必须去，我让人半强制地带你上车，然后在车上跟你道歉，有点粗暴了，你说你还挺喜欢的。怎么样，现在呢，喜欢吗？"说着黑崎已经把季白脸上的妆卸得一干二净，丑陋的脸庞呈现在黑崎眼前。黑崎仔细端详着，与此同时，季白的眼泪顺着眼角流淌下来，如涓涓清泉，似乎永远淌不尽。

"如果此时是你原来那张美丽的脸，真的是梨花带雨，令人怜惜了。可惜，你毁了你自己，也毁了别人的幻想。"黑崎拍了拍手,忽然餐厅的门打开,涌进来一群拿着长枪短炮的人,足有几十个,看来黑崎几乎请来了全衡州大大小小所有的自媒体。他们一个个举着相机对准了这个曾荣获玉女主播称号的女人,他们布满了血丝的眼睛里流露着兴奋,就像是盯了一夜的猎物终于到手了。

虽然网上已经有很多她的真实面目照片,但是季白消失在互联网上几个月,仍占据各大网站热搜。近照无疑是又一重磅炸弹。

此时,已经没有人按着季白了,但是她仍旧动弹不得,紧闭着流着泪的双眼,任人在她的灵魂上践踏。那些此起彼伏的快门声,在季白听来就像是刀剑在风中挥舞,每一声都是凌迟般的痛。

良久,他们拍够了,退出了餐厅。

"睁开眼睛,看着我。"黑崎命令道。他拿出手机,反复对着季白调整角度和构图,终于拍出了一张自己最为满意的照片——一张不对称、满是手术痕迹、丑陋无比的脸;一张挂满了泪水、绝望的脸;一张令女人害怕令男人厌恶的脸。

但她的眼神又充满了仇恨,死死盯着镜头,盯着透过镜头、透过网络偷窥她的每一个人。

"就是这个表情,太真实,太有艺术感了,我很喜欢这张照片表现出来的张力。"黑崎欣赏着自己的摄影作品,"我必须得买个漂亮的相框装起来,摆在我的办公桌上。"

"变态"两个字就在嘴边,但季白没有说出来,她咬着牙,恨得牙根痒痒的。

"我想他们刚才拍摄的照片也会令广大网友感到满意。"黑崎说完大笑着离开了。

季白一人瘫软地靠在椅子上,她能想象得到,明天网络上会是怎样的"吃瓜狂欢"。无数人会看到她的脸，令人作呕的语汇、充满恶毒的漫骂都会挤进她的耳朵里。她即将再次经历更为煎熬更为崩溃更为凶恶的攻击。

季白不想这样，更不想伤害谁，她默默承受着伤害，且不止一次地问过自己，我道歉，赔偿，退出，你们为什么总揪着我不放呢？

有答案吗？

或许有，只是幸运不会降临到她身上。

季白给自己倒了一杯水，喝完艰难地扶着椅背站起来，她朝着卫生间走去，路过后面工作人员区域的时候顺便拿了一套女服务员的制服。

十几分钟后，季白从卫生间出来，她重新补了妆，换了衣服。出了餐厅，打了车往医院去。

出租车上，季白的头歪着靠在车窗上，一棵一棵陌生的树向后远去，一栋一栋冰冷的建筑在视野里消失，只有天上的白云，好像更熟悉，但又太遥不可及了。

"姑娘，前面大堵车，要绕路吗？差不了多少钱。"司机师傅探头探脑地按了两声喇叭，随后问道。

"好。"季白道。

出租车在三环路上飞速行驶着，季白觉得头特别疼，是那种被无数战机轰炸过后强制性的疼。她轻轻揉着太阳穴，无助感从四面八方袭来。

季白不是没有尝试过在新的循环里避开黑崎，但都失败了。浩如烟海的网络世界里，想要避开一个人太难了，他可以换ID，换联系方式，甚至是跨界入股你所在的直播公司。每一次她都无从避开，如同安易的失明，似乎都是注定的。

然而每一次来自黑崎歇斯底里般的报复都不尽相同，每一次细节的走向不同，导致发生的过程也不尽相同。

无助是成倍的。

上一次循环季白觉得自己是幸运的，牺牲了很多本应得到的资源和利益，避开了黑崎，但是最终她发现，自己只不过是小丑而已。因为，黑崎避开了，还会有黄崎、白崎、蓝崎、绿崎，甚至紫崎，总有人成为榜单第一，总有人阔气出手只为博美人一笑，总有人狠起来心肠歹毒，而自己总是恨起来无能为力。

渐渐地，季白终于也明白了，循环像是永恒的存在，是不会改变的，而循环之内那些费尽心机所纠正、选择、改变的，在循环之中微不足道，丝毫影响不了什么，更左右不了什么。

到医院的时候已经是下午一点半了，安易中午检查完就睡了，护工在病房里照料。季白轻手轻脚退出病房，坐在楼道的长椅上仍旧觉得闷，喘不过气，于是下了楼。

医院大门对面有一家便利店，季白走进去，在速食区转了一圈，没有食欲，她到酒水区选了一瓶黑方，付完钱到一个无人的角落喝起来。

有客人过来，边刷手机边选商品。季白向里躲了躲，她不想引起任何人的注意。

忽然那个看起来二十五六岁的大男孩自言自语了一句："天呐，不是吧，其实我很喜欢她的……"

接着，大男孩点开一条短视频，虽然季白离得远了一些，但也清晰地听到了内容："又有大瓜了！之前退圈很久的超人气女主播季白，又有近照流传出来了。这次，她不再完美，而是把真实的样貌大胆展示在广大网友面前，勇气可嘉。我这里有独家照片，不过从照片的拍摄来看，季白更像是不情愿的，所以，不排除她是故意炒作。但这样的炒作，未免有些令人感到不适了，她是不是接受不了自己整容失败脑子坏掉了，我会第一时间公布进展，有瓜一起吃。"

"令人作呕！脸都这样了，就不要出来吓人了好吧，晚上要做噩梦的呀。"一旁刚过来买东西的顾客瞄了一眼大男孩的手机嫌弃地说道。

季白低着头快步出了便利店，整个过程季白觉得自己处在窒息的状态，直到出了便利店，又跑出去几步才喘上来了气。

"嘿，你东西掉了。"

季白回过头，发现是刚才便利店的那个大男孩，他手里拿着的钱包，正是自己的。

"谢谢。"季白接过钱包，转身朝着医院匆匆而去。

回到病房的时候安易已经醒了，护工去打水，季白把背包放在他怀里："你要的现金，里面是20万，不够我再去取。"

安易道："够了。"

季白说："你省着点花，我没多少钱了，违约金的数目太大，几乎把我存的钱都掏空了。"

安易道："你不是说了吗，只要循环不结束，咱们就相当于有花不完的钱。我就不给你省了，我也是为了给自己找一个出口，哪天我好了，能接受自己失明了，咱们就去过小日子。"

季白道："好，我们有时间，慢慢来。"

"你喝酒了？"安易闻到一股酒味。

"有点不开心，喝了一点。"季白道。

"我也想喝。"

"这里是医院,而且你要输液,要吃药、敷药,绝对不可以。"

"奶茶总可以吧?"

"我去买。"

季白到一楼大厅的时候,有家属急急忙忙背着病人进来,像没头苍蝇似的,无比慌乱。季白有意避开,但还是被撞上了,墨镜和口罩脱落,掉在地上,她赶紧捡起来戴上,但是周围的人还是注意到了她。无论季白看向哪里,都有人在看她,细小的议论声在她的耳畔无限放大,像聒噪的雷,带着电流,直穿心底。

"你看你看,那个女人,啧啧……"

"身材这么好,脸竟然……"

"好可怕。"

"宝宝不要看,捂住眼睛。"

"天呐,太吓人了吧,我以为只有在恐怖片里才有这样的脸……"

"这人是谁啊?"

"是不是上热搜的那个女主播?"

"不会这么巧吧,真的是她吗?"

那一瞬间,季白的心里像是遭遇了山体滑坡万千巨石崩塌掉了。她本以为自己支撑到了现在,支撑过几轮循环的夏天,内心足够强大。可她被事实打败了,也被现实打败了。

她不得不承认,人是自然界里最脆弱的动物,因为有七情六欲。

自从季白被全网人肉整容经历以及事业被毁之后,她还能求什么呢？她只求在艰难的岁月里有一段小时光，是幸福、简单、安好的。但这小小的愿望，也变成了奢求。

季白冲出医院，叫了一辆车，坐在后排，把脸埋进膝盖里抽泣起来。

"姑娘，去哪儿？"司机问道。

季白哽咽着报了黑崎公司的地址。她必须去，去直面自己的恐惧，不然无论有多少次循环，她都是不得安宁的。

车子启动，缓缓驶出，司机用懒洋洋的语气说道："没什么值得伤心的事儿，如果有笑笑就过去了，过不去的话就骂几句，再不行，再不行……反正没有过不去的坎儿。"

"谢谢您。"季白道。

高卓正在病房里看书，但是他的心思完全不在曲折的情节上，每看两行他都要抬起头看看窗外。

咚咚！忽然响起敲门声。

"请进。"高卓合上书。

素问推开门，笑嘻嘻地进来，她手里提着一盒榴莲千层蛋糕："你讨厌榴莲味吗？"

高卓道："不讨厌。"

"那就好，我偷偷点的外卖，我病房里好多人，怕惹人嫌，我能在这里吃吗？"

"当然可以。"

"分给你一半。"

"你自己吃，我牙不太好，吃不了甜的。"

"那我就不客气了。"素问把拐杖放到一旁，打开蛋糕开始享用，吃了满满一大口后露出不好意思的微笑，她看高卓一直盯着窗外发呆，问道，"想出去？"

"可惜。"高卓拍了拍自己的腿，他还坐着轮椅呢。

"我的脚不疼了，拄着拐杖行动自如，咱们可以偷偷溜出去。"素问提议道。

"回来请你吃双份的。"高卓把书扔桌子上，摇着轮椅到了门口。素问放下蛋糕，抽了张纸巾匆匆擦了擦嘴，拿起拐杖，跟了上去。

两人下电梯，出大厅，来到院子的时候忽然一张百元大钞在素问眼前落下。素问一把抓住那张纸钞，抬起头，惊讶地张大了嘴巴，因为她看到数十张百元大钞在空中飞舞，缓缓下落。

"老高，抬头。"素问喊道。

高卓抬头的时候空中的纸钞更多了，透过纸钞飞舞的缝隙，他看到一个人影在十几层的位置正一把一把地往外撒钱。

"财神啊这是……"素问的话音刚落，院子里的人纷纷发现了飘落下来的钱，哄抢起来，甚至有其他坐轮椅的病人离开轮椅匍匐在地上，忍着剧痛在抢钱。

场面一度混乱且令人震惊。

从楼梯冲出来的人越来越多，天上掉落的钱也越来越多。撒钱的是安易，撒的钱便是十分钟前季白送过来的二十万。

当人彻彻底底绝望之后，生活的意义全部失去，或许只有金钱能带来一丝丝刺激。然而对于安易来说，什么都看不见了无异于宣判死亡，拥有金钱已经无法给他带来安慰。

这也导致了安易的极端行为，听着他们的欢叫声，安易内心获得了丝丝满足。

安易觉得自己是被上帝玩弄的一只蚂蚁，在夏日的循环里一次又一次失明。那就做一次上帝，看着芸芸众生被自己左右，心里或许会舒服一点吧。

季白把安易执拗的原因归于他家境富足，被宠坏了，没受过什么挫折，而且享受久了，习惯了纸醉金迷，哪怕是被剥夺百分之十，都受不了。

安易听着楼下人群的欢呼与兴奋的尖叫声，终于露出了笑容。只是他看不见的是，在哄抢的人群中，有一个坐着轮椅的男人和一个拄着拐杖的女孩不为所动地穿越飞舞的金钱，出了医院。

打了辆车，开向高卓的目的地——河滩。

"那是什么地方？"素问好奇地问道。

"案发现场。"高卓回答。

高卓在电影和书里看到过，凶手一定会回到他的作案现场。如果运气好可以跟凶手碰见，这是高卓一直幻想的，所以他去河滩的次数很多。他从心里安慰自己，这样碰见凶手的机会会大一些吧。

有机会就不可能放弃，这是作为一个父亲最后的职责。

五　那就重新开始循环吧

AG理财大厦楼下，季白仰望着大厦楼顶的巨大招牌，然后重新压低了帽子走进了一楼大厅里。

"我找黑崎。"季白来到前台。

"请问，有预约吗？"前台小姐姐连忙收起刚才正在涂的口红。

"没有。"

"那您需要预约一下才能见黑少。"

"多长时间能见到？"

"稍等。"前台查了一下预约表回答道，"最快下个月中旬。"

"我要马上见到黑崎。"

"抱歉，如果想直接见的话，就打电话给黑少。"

"我把他的电话号码删掉了。"

"那我就没有办法了。"前台虽然面带微笑，但是语气里透着"你以为你是谁啊"的不屑。

"好吧。"季白只好等着，她好不容易鼓足的勇气，而且是因心理崩塌鼓起的勇气，不能说泄气就泄气。

她要当面、态度强硬地跟黑崎谈清楚，他想要怎样就怎样，他想如何发泄都随他，多疯狂的报复她都接受，只要他一次性把心底的恶气吐出来。她只求在这循环所剩无几的日子里，能跟安易一起过甜蜜的小日子。

蜗居在家里,囿于昼夜、厨房与爱的庸俗日子。

前台小姐的电话响起,她接了起来:"姐,你太忙了点吧,给你打那么多电话当然有事啊。不是什么大事,就是找你借点钱。我跟你讲哦,我们公司要上市了,我得多买点内部股票……你尽量多借给我点嘛,赚了钱我分给你……"

季白听到这里心里暗骂了自己两句,怎么就忘了黑崎一直筹备公司上市的事情呢。前几个循环简直是白过了。

有时候,直面恐惧是不够的,还需要再多做点什么。

此时,她冒出了一个新想法,她要报复,把黑崎带给自己的折磨加倍奉还。

季白离开了,她找到一家五金店,买了两桶红色油漆、铁钳和一只工具箱。她把油漆放进工具箱里,掩人耳目,从大厦后面溜了进去。

季白来到顶楼,果不其然,天台门是锁着的。季白拿出铁钳把锁夹断,顺利进入天台。她打开油漆桶盖,顺着玻璃幕墙淋下去,红色油漆瞬间顺着大厦光滑的玻璃蔓延下去,触目惊心。如果这时候顶层有人开会或者办公的话,一定会被吓一跳。

红色最为醒目,经过AG理财大厦的行人纷纷驻足张望。楼下的人越聚集越多,各种猜测和讨论越来越大声。

"嘿,你们看,楼顶上有个人。"人群里有人喊道。

所有人抬起头仔细寻找,发现了跨坐在天台边上的季白。

"这人不是要跳楼吧?"

"很明显是要跳楼啊。"

"泼油漆是什么意思?"

"肯定是恨啊,我觉得这人是AG理财的员工。"

"八九不离十,估计是被老板坑得走投无路。"

"现在的无良老板太多了。"

短短一刻钟之后,楼下聚集了上百号看热闹的人,天台来了二三十名AG的人。黑崎还没有到,但是已经吩咐过上天台的人不许报警,如果谁不听话,就卷铺盖滚蛋。

这种事情是遮不住的,楼下聚集的热心市民早在第一时间报了警。季白眺望着远方,觉得这里的风景真好,如果没有那么多糟心的事就好了,可以跟安易来这里看看风景,看看这座城市的日出和日落。虽然安易看不到,但是她可以描述给他听。

警笛和救护车的声音从远处传来,季白会心一笑。此时,她面对天台上的人一点都不害怕,竟有一种壮士视死如归的悲壮感。

一个女警察上了天台,把所有AG的人都赶了下去,然后温柔地劝季白下来。

只听了一句,季白便道:"警官,我没事,我很理智,您不用为我紧张,我不会跳楼,更不会给社会添麻烦,我只是想见黑崎,跟他解决一下私人的事情。"

女警察说道:"没有必要这样解决问题,你下来,我帮你解决,相信我,相信警察,相信国家,如果你有什么难处,受到过什么伤害,都可以告诉我们。"

季白坚持道:"如果他来了的话麻烦警察同志让他上来,正好也能当着人民警察的面解决。"

警察道:"咱们可以去局里解决,有椅子,有空调,有水……"

"非常抱歉,警官,这种办法是最快的,这个夏天所剩无几了。"

"夏天所剩无几什么意思?"

"就是这个夏天快过去了,我只想和我爱的人过几天安稳不被打搅的日子。"

"如果你受到了威胁,可以如实跟警方讲,如果是真的,我们会保护你们绝不会再受到伤害。"

"我相信,警官,谢谢你,但是这件事只能用我的方式解决。"说着季白摘掉了自己的帽子、眼镜和口罩。

女警官心里一惊,虽然平时非常忙碌辛苦,没时间上网,但是女主播的事情闹得太大了,尤其是今天的热搜指数,想不知道都难。犹豫再三,她走到天台入口,让同事请黑崎进天台。

"算你狠。"黑崎出现在天台,咬着牙说道。

季白莞尔一笑,不过这笑容看上去不那么温柔了。她很怀念自己曾经的笑脸。

"注意你的言辞,不要刺激当事人。"女警官在一旁警告道。

黑崎深吸一口气:"你想怎么样?"说完看了一眼旁边的女警,艰难地咽了一口口水又说道,"无论你想怎样下来再说,我都答应你,生命是你自己的,你得为自己负责。"

季白笑道:"既然你经常惦念我,想让我再次暴露在公众视野里,那就我尽情暴露个痛快,千金难买你开心嘛,你开心完,就放过我好不好?不要再找我,就让我从此去过低到尘埃里的日子去。"

黑崎道:"你现在就可以,下来,离开,想去哪里去哪里,想过什么样的日子过什么样的日子,如果需要钱,我给你,一百万够不够?"

"我已经不是那个贪慕虚荣的女人了。"季白指着自己的脸说道,"我已经没有资格了。"

"你想干什么?怎样你才能下来?"黑崎黑着一张脸问道。

"把刚才在餐厅出现的所有人,都叫来,这对你来说很简单,几通电话的事儿,甚至你都不用亲自打电话,随便吩咐一声就好。"

"你所有要求我都会满足你,你先下来好不好?"黑崎表面答应,想稳住季白,但是心里已经担忧到了临界点,因为明天保荐商和律师事务所等机构会来评估公司,如果这件事儿今天上了热搜或者明天的新闻头条,那公司上市势必会受到严重影响。

如果延期上市,那损失的不仅仅是钱了。

黑崎承担不起。

可事情已经到了无法挽回的余地了,就算有什么办法能掩饰请自媒体来天台这件事,但明天"有人在AG理财大厦楼顶轻生"的消息也会飞得到处都是,影响仍旧不小。

现在只能把损失降到最小,让话题不出现"女主播季白"以及"AG理财上市"的字样。

黑崎拿出手机:"我这就给秘书打电话,让他把人都叫来,保证全部到场,绝对不会少一个。"

说话间,黑崎飞速地给秘书发了信息:不管用什么办法,把今天这个事儿给我盖过去,现在、立刻、马上。

接着,他拨通了秘书的电话,重复请自媒体过来的事情,最后着重强调道:"必须办好,快点去办,一分钟都不要耽误。"

"这下满意了吧。"挂了电话黑崎对季白说道。

季白点点头:"十分满意。"

第一部分：五　那就重新开始循环吧

　　黑崎觉得有一股闷气堵在胸口，令人窒息，他艰难地露出微笑，对一旁的女警官说道："警察同志请放心，她绝对不会跳楼，她是在报复我，我们有一些小的私人恩怨。"

　　警察脸上仍旧挂着焦急之色："你们有什么恩怨，可以到局里谈一谈，现在我的职责是确保她的安全。"

　　黑崎道："警官放心，她很安全，她是故意的，比谁都珍惜自己的命，一定不会跳下去。"

　　自媒体博主都陆续来了，看着现场的状况，面面相觑，不知所措。

　　季白从左到右依次看过那一张张熟悉且令人愤怒的脸，然后说道："你们每个人，要写不少于2000字的文章，随便编写我和黑总的故事，什么爱情、冒险、花边啊，甚至是灵异，随便你们编，这些文章要在明早登上各大网站头条，明白了吗？"

　　没有人表态，大家都看向黑崎。黑崎眉毛拧到一起，怒视着季白点了点头。

　　只要今天这件影响公司上市的丑闻能掩盖过去，再把季白暂时控制起来，直到公司上市完毕，就能慢慢用巨额的利益、诱惑，瓦解这个爱慕虚荣的女人。

　　一阵阵的风吹过，吹散季白脸上的头发。她的脸是恐怖的，令人生畏的恐怖，但她的脸又是倔强的，一次一次绝望后的倔强。

　　"季小姐，他们已经答应照做了，你是不是能下来了？"黑崎又问。

　　"一百万，我的精神损失和肉体折磨的赔偿。"季白道。

　　"好，钱直接打到你账户里！"黑崎咬着牙，但又必须表现得波澜不惊。他回头看向在场的警官，笑着说道，"警官，我说得没错吧，她一定不会想不开的。"说完拨通了秘书的电话，吩咐给季白的账户上转一百万过去。

50秒后，季白的手机收到短信提示，一百万入账。

季白微微一笑，有一百万的生活保障，至少这个所剩无几的夏天，她和他能过几天痛快日子。

"我还有最后一个要求。"季白冲着黑崎喊道，"我这辈子都不想再见到你。你以后不要再找我，更不要出现在我面前，你走你前程似锦的康庄大道，而我在我的末路穷途中苟且。"

"我答应你，说到做到。"黑崎回应。

"答应我什么？我要明确的回答。"季白道。

"这辈子你都不会再见到我的，我躲你躲得远远的，瘟神！"黑崎说得咬牙切齿。

季白满意地从天台的边缘下来，警察们松了一口气，但黑崎一直死死盯着季白，他必须确保明天的保荐商和律师事务所等机构对公司的评估顺利。

接着警察带季白和黑崎回了警局，进行了调解与思想教育，这场"闹剧"才算终止。

从警局出来，黑崎上了一辆黑色汽车离开，季白叫了一辆出租车，她要去往安易那里，因为接下来的日子，只属于他们两个了。然而出租车拐了几个弯之后，发现身后被一辆黑色汽车紧紧咬住。

司机看着后视镜，眉头紧皱，十分纳闷："姑娘，后面一直跟着一辆黑车，是找你的吗？"司机自问为人端正，从不与人计较，更没有跟谁结过仇。

"师傅，能甩掉吗？"季白拿出手机直接扫了扫挂在车内的收款二维码。当"微信收款2000元"的播报声响起的时候，司机师傅吓了一跳，随即深踩油门，从左侧连续超过三辆车，瞬间与后面跟随的黑色汽车拉开了距离。

季白看向车后，似乎已经看不见那辆车的踪影了，她松了一口气，可是司机师傅一个急刹，季白撞到副驾驶座椅靠背上。

"不好意思姑娘，红灯。"司机说道。

季白整理了一下帽子，揉着额头，刚要开口余光便看到那辆黑色汽车缓缓停在了右侧车道。车窗落下，露出黑崎的脸，他面无表情盯着出租车里的季白，那种没有情绪的眼神比愤怒还要可怕。

"师傅！快！"季白喊道。

"红灯，没办法的。"司机师傅无奈地说道，"还有17秒。"

而这17秒，季白的心脏都要跳出来了。虽然季白的目的达到了——生活保障的钱到手以及搞得黑崎焦头烂额，他会无暇顾及自己——但是他就像一个鬼一样跟着季白，令她冷汗直流。

季白咬着拇指指甲，双腿并拢，一直在跺脚。她极度紧张的时候就会这样，比如现在。

绿灯亮起，出租车动起来，这次黑崎的车紧紧咬着，司机师傅一直在努力甩开，但是显然有些难办。

行驶到一段车辆稀少的宽阔路段的时候，黑色汽车突然加速，直接逼停了出租车。

两个穿着黑色西装的男人从黑崎的车上下来，向着出租车迅速走了过去，等季白反应过来想锁车门已经来不及了，西装男粗暴地把季白拽了出来，扔到了黑崎的车上。

接着，黑色汽车驶离。

"你知道你做了什么吗？"黑崎的手臂搭在季白的肩上，"你搞得我好烦啊！"

"你想做什么？"

"我想做什么？看着我的眼睛，对，很好。"黑崎双手卡着季白的头，让她不得动弹，"从我的眼睛里能看出来什么？"

"恶魔。"

"回答正确。"

"你将在这里度过你的后半生！"

"你这是绑架！囚禁！非法限制他人人身自由！"

"我知道。"

黑崎像恶魔小丑一般笑着离开了。

"黑崎，你给我滚回来！老娘才不会在这里待着！"然而她嘶喊的声音却是徒劳而无力的。

很快，黑崎派人送来了洗漱用品。

季白知道如疯狗一般的黑崎还会做出更为疯狂的举动，于是做出了一个艰难的决定。

她对送东西的人说："让你们黑总过来，我有一句话跟他说，很重要，不来会后悔。"

不到五分钟，黑崎来了，而季白手里握着一支牙刷站在他的面前。

"你这是什么意思？"黑崎皱着眉头问道。

"下一次，我要占据主动权，一定会跟我心爱的人度过一个美好的夏天，那个人绝对不会是你，永远不会是你。"说完季白迅速折断牙刷的刷头，原本无害的牙刷变成了一把锋利的"刺刀"，就在黑崎还没有反应过来的时候，季白已经把断裂的牙刷插进了自己的脖子。

鲜血迸溅，沾染了他昂贵的西装。

黑崎不明白她这句话是什么意思，但没有心思去多想了。他一只手抱着她，一只手按住她的脖子。

季白闭上了眼睛，嘴角却带着一抹笑，而黑崎整个人像是泄了气的皮球，在感受着她生命抽离的瞬息之间，黑崎竟然觉得很爱她。

"来人啊！打120！打120！"黑崎大声喊着。突然，有一滴晶莹的东西落下，黑崎反应了好一会儿才明白是自己的眼泪。

那一滴鳄鱼的眼泪滴进季白鲜红的血里，如泥点进入大海。

就在季白自杀的八分钟前，高卓带着素问来到了河滩上。

他告诉素问，这里就是凶手杀了高以云之后掩埋尸体的地方。

"书里说，凶手会自己回到犯罪现场，一种是再次确认犯罪痕迹是否都处理干净，另一种是重温犯罪过程，感受犯罪所带来的成就感。"

"她……是在这里遇害的吗？"素问问完就后悔了，气氛变得异常凝重。

"不，警方还没有找到第一案发现场，这里是抛尸现场。"高卓看向眼前这条河，他很多个夜晚都独自坐在河边，一坐就是一宿。

河边肆意疯长的野草，已经快要比人高了。这个夏天和河水，会继续滋养它们，就像心里的苦楚与愤怒，会生根发芽，茁壮成长，然后就永远长在了心上。

"大叔。"素问喊了高卓一声，高卓沉浸在自己的情绪里，没有反应。

"老高!"素问走到他身边,拽了拽他的胳膊。

"什么?"高卓问道。

"草里好像有人。"素问压低了声音。

"哪里?"高卓内心紧张起来,但是表面上不动声色。

"我的九点钟方向。"素问道。

高卓看过去,发现了在近乎一人高的杂草丛里站着一个人,他正看着这边,而且他也看到了高卓发现了他,但他一动不动,目不转睛地看着高卓。

他没有跑,就像一个稻草人杵在那里。

是他!

高卓本能这么觉得。

他全然不管自己坐着轮椅以及腿上的石膏,硬是要站起来,可尝试了三次都失败了。

草丛里的男人走了出来,一个坐着轮椅的中年男人,一个挂着拐杖的花季少女,毫无威胁可言,他伸了伸舌头,目光锁定素问,这算是今天的意外收获了,他竟然有猎物自己送上门来!

随着一步一步靠近高卓和素问,竟然发现素问有些眼熟,他眯起有些近视的眼睛,使劲看清楚。

"是不是你?我在问你话,是不是你?"高卓喊道。

男人没有作声,继续在脑海里搜寻着这个熟悉的感觉,他忽然笑了,他想起来了!

"是你!"高卓咬着牙说。

男人走到距离他们大概十米的距离,停下了脚步,但是他一直低着头,高卓看不清他的脸。

"是你!"高卓重复道,"就是你!"

终于，男人开始理会这个愤怒的父亲，"我在想，你是哪个女孩的父亲？"男人故意捏着嗓子说话，然后他冷笑了两声。

"我！要！杀！了！你！"高卓一字一顿地说着，他太过激动，直接跌下了轮椅。

刚下过雨，河滩的泥土很湿很软，他并没有摔疼。即使疼，抽筋剥皮的疼，高卓也不在乎，如果疼能换回女儿，他愿意受十世酷刑。

"你没事吧？"素问拄着拐杖努力扶起高卓。

高卓抬起头，看到了男人有些惊慌，因为他一只脚已经陷入了淤泥里，而且以肉眼可见的速度在下沉。

男人挣扎着开始拔自己的脚，而高卓笑了，原来老天没有瞎，给了他这么一个绝佳机会。

高卓直接爬过去，全然不顾前面的大片淤泥，就算是跟凶手一起陷进去，同归于尽，他也觉得值，也愿意接受。

快要爬到凶手面前的时候高卓捡了一块两个拳头大小的石头，快准狠地直接砸在了凶手的膝关节上。

那一下，用尽了他所有的力气，也用尽头几个夏日循环积攒下来的愤怒。

咔嚓一声脆响，凶手发出杀猪般的惨叫，直接摔进了淤泥里。

凶手的身上和脸上裹满了泥浆，完全看不清五官。就在高卓要准备擦掉他脸上的泥，看看凶手长什么样子的时候，忽然觉得胸闷，然后呼吸困难，头的左侧剧烈疼痛。

高卓慌了，因为这种感觉他太熟悉了。

"老高！"身后的素问痛苦地喊了一声，她也跟高卓一样，疼得拄着拐杖都无法站立了。

这种感觉几乎刻在了高卓的DNA里,这是每一次循环结束,新的循环即将开始时的"症状"。

他的眼神从希望变成了绝望。

为什么?为什么?这个夏天还没有结束,为什么循环却提前强制结束了?

高卓仰头长啸:"老天,你玩我……"

话还没说完,高卓的大脑逐渐模糊,唯有女儿的声音回荡着:

"我爱你,老高。"

"肉麻。"

"怎么就肉麻了?你是我亲爸,我是你亲闺女,我说爱你不正常吗?你快说。"

"说什么?"

"说你也爱我呀。"

"我不说。"

"不行。"

"多给你一个月零花钱,放过我。"

"不行!"

……

三秒钟之后,无尽的耳鸣,高卓彻底失去了意识。

Part 2

第二部分

一 保持愤怒

高卓睁开眼睛看到熟悉的水晶灯，他爬起来，才发现自己睡在客厅的地板上。

头痛欲裂，他揉了揉自己的太阳穴，脑子像糨糊一样乱。

"今天凌晨，暴雨过后，在我市的罗湖区河滩中段，发现一具女尸，死者身上有着明显的刀伤，公安分局立即组织警力开展现场勘查和侦破工作……据悉，这是我市近半年以来第三次发生命案了，受害者都是年轻貌美的女性，不排除连环凶案的可能，望广大市民，尤其是二十岁左右的年轻女性，晚上出门一定要结伴，不要在外多逗留……"

电视机里正在播着新闻，高卓的表情已经凝固，这则新闻以及相关新闻报道他反复查阅过太多次了。因为，那具女尸就是自己的女儿。

又开始循环了吗？

高卓原本愿意接受这个循环的结果，因为可以在一遍一遍的循环中接近凶手，尽管没有哪个父亲能有勇气一遍一遍经历女儿的死亡！

但是这一次，他不愿意。

为什么突然又重新循环了？

为什么!

高卓想不明白。

让高卓憋屈的是,他明明抓到凶手了,这下又得重头来过!

高卓抱着客厅公共区域里吊着的沙袋,暴躁地挥舞着拳头,一拳两拳三拳四拳……仿佛面前的这个沙袋就是那个杀害女儿的凶手,而他则像一头雄狮,一头牙齿不那么坚硬,爪子不那么锋利,逐步迈进苍老的雄狮。

直到高卓的拳头渗出血来,但他丝毫感觉不到疼。好像自女儿出事之后他就只有一种情绪了。

那种情绪叫愤怒。

最后一拳挥出去,高卓重新躺在地板上,他大口喘着气,胸口剧烈起伏着,看着摇摆的沙袋,眼泪终究还是淌了下来。

不到一分钟,高卓利落地站起身,擦掉眼角的老泪,走进厨房,开火,开始给自己煮意面。

吃饱了,才能有力气。有力气,才能抓住那个恶魔。

他面无表情地下面,面无表情地搅动,面无表情地吃面,但眼睛里又是用尽全力恨之入骨、深恶痛绝。

忽然,高卓瞥见墙上挂着的女儿的照片,眼神瞬间变得温柔,他的嘴角抽搐了一下,然后对照片里面的女儿露出一个微笑,一个慈祥的微笑,一个只属于父亲的慈爱的微笑。

吃完意大利面,高卓换了一身衣服出了门。

天已经黑了,还下起了小雨,但是高卓懒得回去拿伞了。穿过两条街,他钻进一家叫"恶魔之夜"的酒吧。

音乐震耳欲聋,灯光忽而昏暗忽而刺眼,俊男靓女在舞池里肆意挥洒汗水,穿着衬衣和长裤的高卓显然和这里格格不入。

"伏特加。"高卓坐到吧台前说道。

酒保拿出一只杯子，被高卓拦住："一瓶。"

酒保表情一怔，觉得自己听错了，高卓又重复了一遍："一瓶伏特加。"然后掏出一张卡，拍在吧台上，"没密码。"

酒保拿了卡，刷完后把卡和酒一起放在高卓右手边。

"谢谢。"高卓直接拧开瓶盖，对瓶吹了一口。他一边机械地喝着伏特加，一边观察着酒吧里有文身的中年男性。

可惜的是，酒过三巡，这一夜终究是毫无收获。

酒吧里倒是热情依旧，就像一个永远不会停歇的机器，男男女女、音乐、酒精等等，都是这台机器的燃料。

就在高卓失望地准备离开的时候，与一个染着紫色头发的年轻女孩擦肩而过，他从她脖子后面看到了一个文身——奥德修斯头像。

奥德修斯是希腊西部伊塔卡岛的国王，史诗《奥德赛》的主角，也是古希腊神话中的一个英雄。高卓的直觉告诉他，都是古希腊神话人物的文身，没准跟凶手身上的希腊女神文身有一丝半缕的联系。

即使是万分之一，十万分之一，百万分之一的可能性高卓也不允许自己放过。

他转身追了上去，女孩和三个男同伴已经步入舞池，淹没在熙攘的人群和暴躁的音乐里。

高卓冲进人群，被"翻滚"的人浪险些推倒，好不容易到了刚才女孩所在的位置，对方却不见了。

高卓继续四处寻找，终于在一个昏暗的角落里，发现了女孩的身影——她面前站着一个戴着鸭舌帽和墨镜的男人，女孩和男人看起来都有些紧张,接着女孩伸出手给了男人一卷钱,男人交给了她一小袋药丸。

没错,高卓看得很清楚,是药丸。

文身女孩立即转身离开,跟三个男同伴会合,往里走去。高卓快步追了过去,才发现是酒吧后门的走廊。

女孩见有人走过来,赶紧把手里的东西藏好。

"姑娘,打听个事。"高卓一边靠近他们,一边说道,语气柔和,尽最大能力不惊扰他们。

"怎么着,大叔对我有兴趣?"文身女孩打趣道。

她身边的三个男孩笑出声来,其中一个男孩的胳膊搭在女孩的肩膀上,把她揽到自己胸口,抬着下巴,眯着眼睛盯着高卓,无疑是在向这位大叔宣示着"主权"。

"我不是这个意思,我就是想问问你的文身是在哪里文的?或者你认不认识其他文希腊神话人物主题的人?"高卓解释道。

"大叔,你有毛病吧?"文身女孩显得有些紧张,毕竟在酒吧里一个穿着相对古板的大叔问一个女孩文身,这多少有点不正常。她攥着药丸口袋的手藏得更深了。

高卓摆摆手:"嘿,听着,我绝对不是来找碴儿的,你手里藏着的东西我没兴趣,我只是想知道关于希腊神话文身的事情。"

另外三个男同伴突然紧张起来,因为高卓提到了药丸。

高卓又道:"听我说,我女儿遇害了,凶手身上有希腊女神的文身,我只是想找到凶手。"

四个人互相看了看,显然不相信高卓的话,毕竟这个理由太无稽了。他们转身要从后门离开,高卓追了上去。

"别跟着我们,文身的事情我不懂,我是随便文的。"女孩丢下这句话跟同伴们出了后门,来到酒吧的狭窄后巷。

可高卓还是紧跟了上去。

"听不懂话吗!"突然,里面个子最高的男孩对高卓吼道,"滚蛋。"

高卓直接拉住了女孩的手腕:"在哪家店文的?求你了。"

"大叔,我看你是故意找碴儿。"

说着,三个男孩把高卓围了起来,直接动起手来。高卓没有还手,他躺在地上,抱着头,任由三个年轻力壮的男孩拳打脚踢。

打了足足两分钟,女孩拉着同伴们赶紧走。

高卓抬起眼皮,有气无力地说道:"你们跟我女儿年纪差不多,不要再碰这种东西了。"

女孩回了回头,再次看了一眼地上狼狈不堪的大叔,然后跟着同伴火速溜了。

高卓咳嗽了两声,从地上爬起来,他拍了拍身上的土,一抬头,看到女孩站在后巷口那里。

"祥林东路,138号。"女孩说完转身消失了。

"谢谢。"高卓对着空荡荡的巷口说道。

走出后巷,高卓打车来到祥林东路138号,这里是一家门面很小的文身店,此时已经很晚了,文身店早已停止营业,高卓坐到门口的台阶上,准备在这里等到天亮。

衡州市夏天的夜晚很闷热,偶尔有风吹过来,也是潮湿的,粘在皮肤上很黏稠。

忽然想起什么,高卓拿出手机,拨通了110:"我要举报,在望熙路333号的一家酒吧里,有人卖药丸。"

挂了电话,半瓶伏特加的后劲逐渐上来了,高卓感到头痛欲裂，意识开始模糊，他的头抵在门框上，眼皮越来越沉。

此时，一道闪电闪过，整条街道明亮了两秒钟，接着是滚滚雷声。雷还没有打完，雨便落了下来，伴着逐渐嘈杂的雨声，高卓沉沉睡去。

夏天的雨来得快，去得也快，十分钟后午夜的街道重新归于安静。有两个浑身湿透的年轻人小跑着路过，嘴里还时不时骂几句脏话，显然刚才是淋了雨。

他们注意到了躺在路边的高卓。

"像个有钱人。"其中一个人说。

两人眼神对视，立即上前，合作掏走了高卓的钱包，摘掉了他的手表，脱掉了他的衬衣和裤子，就连腰带和鞋子都没有放过。

高卓醉意蒙眬地抬了两下眼皮，也意识到了自己正在遭遇抢劫，不过他不生气，甚至是无所谓，因为这些全是无关紧要的事情，他对在乎的事情才保持着愤怒。

而他在乎的有且只有一件事。

最终，高卓全身上下只剩一条短裤，再次沉沉睡去。

高卓醒来是几个小时之后，他觉得周围喧闹，汽车发动机的声音像冬天的风，以及刺眼的光。他缓慢睁开眼睛，发现自己身边已经聚集了一圈人，一边看自己一边小声议论。

忽然，有一个清脆且熟悉的声音传来："大叔！老高！"

透过人墙的缝隙，高卓看到一个娇小的身影，在马路对面一边雀跃地跳跃一边喊着。

她高兴地穿越马路，与此同时，一辆车横冲直撞过来，刺耳的鸣笛声响起，因速度过快踩下刹车后轮胎摩擦地面的声音也格外刺耳。

电光石火间，高卓爬起来，拨开人群，直接冲了出去，那一瞬间根本来不及多想，他只有一个念头，就是这个跟女儿年纪相仿的女孩不要出事。

世界上伤心的事情足够多了，就不要再平添一件。

就在汽车即将撞上素问的那一刻，跃起的高卓几乎是飞过去的，把她撞开。

砰的一声闷响，汽车撞上高卓，他飞出去两三米远，然后又是一声闷响，高卓短暂地自由落体，砸在水泥路上。

有血从身下缓缓淌出，周围的人尖叫着。

素问从地上爬起来，飞奔到高卓跟前，跪在地上想抱起他但又不敢轻举妄动，生怕自己对他造成二次伤害。

"老高，老高，老高……"她只能持续地喊他的名字。

而高卓没有任何反应，如同在血泊里酣睡。

素问拿出手机，开始叫救护车，但120简简单单三个数字，她输错了两次，第三次终于拨通之后她已经泣不成声了："救护车，快点派救护车过来，求你们，快一点……"

二　我选择的永远是你

"啊!"季白尖叫着从噩梦中惊醒,她下意识摸了摸自己的脖子。没有血,完好无损。

季白不由得叹了口气。

新一轮的循环开始了,而这是她主动选择的。也是她唯一能做主的事情。

拿出手机,季白犹豫再三还是点开了热搜。首页展示十条热搜,季白就占了三条之多。

"当红女主播脸塌""面具之下""欺骗全网的女主播"……季白丢掉手机,光看到热搜标题就已经在承受极限徘徊了,更不敢点进去看全网的声讨与谩骂。

她下意识地用双手遮住自己的脸,"面目全非"是她永远的痛,无法承受的痛。

网络暴力足够摧毁一个人,先是内心,再是肉体。

尽管在夏日循环里季白经历了很多次"跌落神坛",承受了很多次的网络暴力,但每一次伤害都是崭新的一轮,且不亚于之前的冲击与折磨。

所以,去寻求最后一点温暖吧。

在此之前,她得去解决一件事。

季白从床上爬起来，洗了个澡，换了身衣服，然后戴上帽子、口罩、墨镜，这才出了门。

"黑崎，见一面吧，我有话要亲口对你说。"

季白拨打黑崎的电话，转到了留言信箱，大概是在开会吧。成功人士总是有开不完的会。

直到季白到了黑崎公司楼下，都没有接到回电。

季白到楼下的咖啡厅点了一杯冰美式，又忍不住拿起手机翻看了热搜。

"我说她怎么体重又轻，身材又好，原来是不要脸啊……"

"这个女人是全网最大的骗子，大家没意见吧。"

"兄弟们，这个人不仅骗财，还骗男人的心。"

"这张脸，小时候被扔上去三次只被接住过两次吧。"

"真实面目长得也太科幻了吧，简直突破人类想象，而且还惊悚。"

砰！

她把手机重重扣在桌面上，不小心碰洒了桌上的冰美式。她深呼吸着，有点喘不上气来。

终究身上披着的不是盔甲。

第三杯咖啡端上来，黑崎才回了电话："你过来吧。"

季白道："我已经到了，在楼下咖啡厅。"

黑崎道："会议室等你。"

挂了电话，季白匆匆离开咖啡厅，进入公司，径直穿过大堂，乘坐电梯来到13层。

会议室的门是敞开的，桌面上还留有一些喝剩下的矿泉水瓶，黑崎一个人坐在椅子上翻看文件。

"你想说什么?"见季白进来,黑崎头也不抬地问道。

"这个夏天不要再见面了。"

"你什么意思?"

"我已经全网黑了,想过过安生日子。"

"我让你不愉快了?"

"让我紧绷,让我喘不过气来,所以,请不要再来打扰我,我只要一个夏天的时间,而且这个夏天已经过半,剩下的时光不多了,你好好经营你的公司,我好好过我的清净生活。"

"你可是我的挚爱啊。"黑崎言下之意,他是不会放过季白的。

季白点点头:"好,那咱们就鱼死网破,我跟你那些不堪的照片和视频,我也有,我会公布出去,以我目前自身的热度,你觉得你公司上市会不会受影响呢?你自己想清楚。"

"所以,你是在威胁我?"黑崎合上文件,轻蔑地笑着,"一个女主播竟然在威胁她最大的金主。"

"不是威胁,是鱼死网破,我厌倦了互联网的鼎沸。"

"我可以安排世界最顶尖的整形医生治好你的脸。"

一瞬间,季白心动了,但也仅仅是一瞬间的心动。因为根本就无济于事,夏天结束的那一刻循环又会重新开始,自己就像经历人间炼狱一般,一遍一遍轮回。

那张绝美的脸庞"毁掉"是注定的。

"谢谢,我已经病入膏肓。"季白转身离开,走到门口的时候,"请慎重考虑我的提议,公司上市不仅仅是一个人的事。"

离开黑崎的公司,季白站在阳光之下,觉得心情舒畅许多。

她拿出手机打给安易,电话通了,但是迟迟没人接听,于是给他发了一条语音："安易，在这次的循环中此时此刻你有没有遭遇事故？如果没有，我们去好好庆祝庆祝，去很远很远的地方，如果已经发生了，那也没关系，这个夏天，我们都能好好的。"

"我就是你的眼睛。"季白又补充了一条语音消息。

远处的街道嘈杂，人们陆陆续续聚集过去，季白没有心思看热闹，但经过那个路口的时候听到有人在议论——发生了一起车祸——一个男人躺在血泊里，一个年轻的女孩跪坐在一旁，样子绝望极了。

季白快步离开，因为这些都与她无关。

她又给安易打了一个电话，还是没有接，于是再次语音留言："尽快联系我好吗？"

良久，手机没有再响起。

季白回到居住的小区，在附近便利店买了足够多的速食产品和一些酒。她计划先把冰箱填满，等联系上安易之后两个人好好吃一顿饭。

可刚从便利店出来，从侧后方的视觉死角快步走过来一个男人，用力撞了一下季白的肩膀。季白吃痛，整个人失去了重心，手里的东西也掉落在地。这一撞，把季白的帽子和墨镜也撞掉了。

季白无暇顾及那个冒失的人，赶紧拾起帽子和墨镜，慌乱地遮住自己的脸。但是帽子和墨镜还没有戴上，那个撞了人的男人拦住季白。

"你就是全网那个口诛笔伐的女主播吧？听说你的脸很恐怖，我这人胆大，我鉴别一下。"

男人的话音刚落，不知从哪里蹿出来一群拿着长枪短炮的人，直接对着季白的脸一通拍，闪光灯刺眼的光芒像是末日的审判。

季白连忙用手捂住自己的脸,四处逃跑,然而人群已经把她团团围住了。

"对不起,你们认错人了……对不起……认错人了……"季白不断重复着,试图挤出"包围圈"。

有路人也掏出手机拍照、录制小视频,同步传到网上,不出半个小时,这场"围观"就会上热搜。

季白感到自己的神经都在疼,她抱着头,尖叫着从人群中冲出一个缺口,落荒而逃。

回小区是"死路一条",那些自媒体人会把她堵住的,或者知道了她住哪里以后蹲点。现在流量为王,没有哪个互联网娱乐从业者会放过这样的机会。

她只有在路上拼命奔跑,但是长期不运动再加上过度节食,她的体力很快就耗尽了。此时,恰巧路过一个商场,季白冲了进去,借助巨大的人流量得以脱身。

她躲在一家内衣店的试衣间里,拨通了黑崎的电话,质问道:"是不是你干的好事?"

"什么好事?"黑崎显得很无辜。

"派了很多人来拍我。"

"我们不是说好了,我不打扰你,给你一个夏天的安宁日子?虽然是口头约定,但我是一个生意人,很有契约精神的,说了不会打扰你,不会出现在你眼前,不会再插手你的生活,那么就会说到做到。"

"希望如此。"

"事实如此。"

挂了电话,季白感到非常无力,她背靠着试衣间的白色墙壁缓缓蹲下，对面镜子里的自己看上去弱不禁风，下身黑色短裤，上身衬衣，再加上帽子墨镜和口罩，特别的头重脚轻。

强忍着要把镜子打碎的冲动，季白在试衣间里待了足足有半个小时。她小心翼翼出来，四下观察，没有发现举着相机的人，终于放下心准备离开商场。沿着小路回家，发现小区门口依旧有人在"蹲守"，看来家是回不去了，自己的住址，甚至是具体的门牌号很大概率都被网友人肉出来了。

季白迅速转身，正好看到空的出租车驶来，于是伸手拦下。

"姑娘，去哪儿？"司机笑呵呵地问道。

季白也不知道该去哪儿，更不知道能去哪儿："师傅，先开吧。"

看着窗外高楼林立的衡州市，她第一次对这个生活了二十几年的衡州市感到陌生。

对一个地方失望，大概是那里没有了她的栖息地。

"姑娘，到底去哪儿？"司机师傅又问道，已经开了十分钟了，继续漫无目的，这活儿没办法干。

最终，季白在三环的一家快捷酒店门口下了车。她开了一间房，准备暂时在这里躲一躲。

"对不起，您拨打的电话暂时无人接听，请稍后再拨……"

不知道这是第几通打给安易的电话了，一直处于无人接听的状态。

他已经失明了吗？或者刚从火海里出来，在医院接受急救？

季白叹了口气，人终究逃不过命运。可她和安易的命为什么这么苦？在苦海里浮浮沉沉，始终无法上岸。

"安易，接我的电话或者联系我好吗？我现在在三环外临安路的一家快捷酒店里。我被盯上了，很糟糕，总是逃不过这份糟糕……安易，我需要你，我很孤单，在这个永远也不会结束的夏天里我觉得很冷……"

季白的留言不单单是留给安易的，也当是跟自己说说话。

突然，响起一阵门铃声。

季白起身去开门，是她叫的客房服务到了——三瓶52度白酒。

接酒，签单，关门。季白想喝醉，她想，在半梦半醒之间，能轻松一些吧。

刚灌下一口酒，又响起一阵敲门声。

"来了。"季白走到门口，手放在门把手上，眼睛下意识地瞄了一眼猫眼，门外站着一个穿着酒店制服的年轻男人，跟刚才来送酒的不是同一个人，但是这张脸她有印象！

分明就是在小区门口拿着相机疯狂拍照的人里其中一个，因为他的眉毛异常浓密，让人印象深刻。

他是跟踪自己过来的吗？

季白退后了几步，门外的人说道："季小姐，您点的餐到了。"

"我没有订餐。"

"这是店里送的。"

"放门口吧，我现在不方便开门。"

"需要您签个字。"

"我不饿，你拿回去吧。"

"我会被骂的，您留下吧。季小姐……"

"拿走啊！"季白失控地吼了出来，然后门外没了声音。

季白缓缓上前，准备透过猫眼观察外面的情况，谁知竟然看到了猫眼反窥镜，与此同时外面的那个男人按下了相机快门。

也就是说，他通过猫眼把季白拍了，要知道，她刚才喝酒的时候摘下了口罩！

阴魂不散！季白彻底崩溃了。如果说全网知道她真实的脸后她如同坠入地狱，那么被各种偷拍甚至当面拍，则如同地狱里的磔刑。

季白愤怒地砸了一下门，但门外的人有恃无恐，直到季白把猫眼堵住，把门反锁，外面才彻底没了动静。

过了足有十分钟，季白小心翼翼移开堵住猫眼的手，观察了一下外面的走廊，门口附近空无一人，看来那个男人已经走了。

季白又灌了自己一口酒，然后有气无力地躺到床上。她拿出手机开始查关于自己的信息，热搜依旧挂着，而且比两个小时前多了几十万的热度指数。

突然，季白发现有一些新的照片流出，正是之前自己在小区门口的那些画面，而且其中有一张是十几分钟之前门外那个男人通过猫眼拍的。

季白发出尖叫，把酒瓶砸到了地板上，顿时玻璃渣四溅、酒香四溢。

"破鼓万人捶"，季白的脑海中冒出这句话。

她轻蔑地笑了笑，但却是对自己的轻蔑，且其中还夹杂着绝望与悲观。

季白跳下床，右脚生生踩在了酒瓶破碎的玻璃上，她又坐回床上，抱着脚，一阵钻心的疼痛，眼眶里顿时充满了泪水。

"该死！"她骂了一句脏话，把脚底的碎玻璃一一摘下来，然后用纸巾擦了擦血，却怎么也擦不干净，总有源源不断的鲜血溢出。

叮咚!

手机提示音响起。

季白拿起手机,是系统热点消息推送,上面"季白不雅照炸裂全网"几个大字像是钉子一样戳进她的眼睛里。她不由自主地点开了,上面全是她和黑崎缠绵的照片,不过黑崎的脸上打满了马赛克。

一条条不堪入目的评论迅速冒出来,季白不敢点开了,因为点开这些充满恶意的评论就是点着心里的炸弹。

季白把热搜关掉,想砸掉手机,又收手了。她再一次拨通了黑崎的电话。

"怎么?这么快就想我了?你承认吧,你离不开我。"黑崎的语气带着掌控全局的不屑与轻蔑。

"是你做的!"季白无比肯定,"泄露我地址,安排自媒体拍我,以及现在,我主动打电话给你,都是你的计划。"

"重申一遍,我是一个生意人,非常具有契约精神,我本身不会去打扰你的生活,你要清楚,我们约定之后的这两通电话都是你打给我的,而我出于礼貌,接听了你的电话。"

"那些照片是你发的。"

"当然不是。"

"有胆量做,没胆量承认?"

"不是我做的我为什么要承认,我每天很忙的,像PS啊、打马赛克这种事情我一窍不通,但是呢,这种事我公司里很多职员都很在行,比如我的秘书,几十张照片,几分钟就搞定了。"

"黑崎。"季白紧紧攥着手机,咬着牙,她整个身体都在发抖。

"我在。"黑崎的语气变得十分温柔,"我一直在,只要你需要我,随时随地都能找到我。"

"我恨你。"

"我知道。"

"你选择鱼死网破。"

"季白,我选择的永远是你。"

季白狠狠挂了电话,然后打开云端,她要把留存的那些带着黑崎脸的不雅照片和视频通通发到网上,让网友看看事件的男主角是谁。

然而季白打开云端后,发现里面的内容是空的,不仅那些"证据"没有了,其他储存的资料也全都不见了。

空空如也!

她知道,这都是黑崎干的,找人黑掉一个云端账户太小儿科了,他有足够的钱把自己玩弄于股掌之间。

黑崎!你这个疯子!这次你又赢了。

季白把手机重重扔到地板上,接着放肆尖叫!直到喉咙沙哑、发痒,她剧烈地咳嗽起来,过了很久才好一点儿。

最终,她的眼角滑过一滴泪水,内心却感到异常无力。

"你好,再给我拿一瓶白兰地。"季白擦掉眼泪,用房间里的座机拨通了客房服务。

三　安公子

海润商场，三楼的火锅店。

一条条火舌像是饥饿的蛇，肆意地吞噬着周围的一切。浓密的烟雾在火光的映照下越来越多，人群弯着腰通过安全通道逃命。

安易刚跑到安全通道门口的时候被后面的人撞到了，脑袋磕到楼梯扶手上，眼前顿时变得模糊了，他摔倒在地，没有人扶他，甚至还有几个人不小心从他的身体上踩踏而过。

他第一次苏醒是因为炙烤，大火已经烧到周围了，浓烟将他团团围住，熏得他剧烈咳嗽，眼睛止不住流泪，鼻腔被空气里的灰烬填满，窒息的感觉越来越严重。

安易根本找不到逃生的路，四周除了浓烟就是火光，他趴在地面上，试图寻找出路，下一秒他撑不住了，又昏了过去。

安易第二次醒来是在救护车上，他躺在担架上，脸上扣着氧气罩，周围的声音很嘈杂，有人叫喊，有人指挥，应该是在奋力营救被困失火现场的幸存者。

他努力睁开眼睛，但周围的一切都是模糊的，就像一千度近视，忽明忽暗，用力揉揉眼睛才偶尔看清一两秒。

安易清楚，很快自己就会失明了，没有任何医学奇迹能拯救的永久性失明。趁现在，还能看清楚一些，他决定要逃离，去享受最后的光明时刻。

就像火锅店的那团火焰,是短暂的。

安易摘掉自己的氧气罩,下担架,跳出救护车。人们正忙得团团转,没有人注意到他。他跌跌撞撞地扶着街边的墙壁一路向东,顺利走出去两条街。

来到一个大路口后,刚经历完死里逃生的火灾的安易大脑有些混乱了,尤其是大脑左侧,疼痛无比,视线似乎比刚才还要模糊了。周围的汽车鸣笛声四起,异常刺耳,大抵是眼睛出了问题,耳朵变得更敏锐了吧。

此时,安易站在一个十字路口中间,四面的红绿灯和高楼大厦上的霓虹更加让他晕头转向,他感觉自己就像掉入汪洋大海里的一片叶子,随着巨浪起飞,又随着巨浪重重摔下来。他强忍着胃里的呕吐感,努力平衡自己的重心。

突然,一辆疾驰的汽车擦着他的身体掠过,司机向右猛打方向盘,用力踩下刹车,滑行了三四米远才停稳了车。司机摇下车窗,探出头去大骂杵在十字路口的安易。接着是其他经过的车辆疯狂的鸣笛与司机的谩骂。

"想死啊你!"

"是不是瞎了?"

"脑子有病吧!"

其中一辆车速过快的黑色雷克萨斯为了不与其他车辆相撞,撞到了街角的消防栓上,水管爆裂,漫天的水如雨幕般坠落,将安易淋了个透,也洗净了他身上因火灾留下的黑色灰尘。

安易表达歉意的声音也淹没在了一切嘈杂的背后,他慌乱地

"逃跑"了，直到再也听不到汽车的鸣笛声才停下来弯着腰喘气。之后，安易放聪明了一些，他只沿着路边走，如果撞到东西，最多也就是行人。他不是怕死，他怕的是还没有弄明白他钟爱的这个世界就离开了。

大概过了十几分钟，安易听到了熟悉的音乐，是那种只有酒吧里才会放的音乐，能激活人身上的细胞，让它们整装待发。

安易一点点靠近音乐，然后闻到了熟悉的酒吧特有的味道，他知道他此时站在了酒吧门口。

"欢迎来到恶魔之夜。"酒吧门口站着的咨客说道。

安易点点头，被引导着进去，一推开里面的那扇门，沸反盈天的喧闹和响彻云霄的音乐扑面而来，如同一股有形的声浪，冲击力道很大。

安易觉得自己活过来了，嘴角露出微笑，跳下舞池发泄着胸口聚集了几个夏天的闷气。

安易大骂了一句脏话，引得身边的几位女孩不满，随后他便躲开了。

发泄得差不多了，安易找了一个角落的位置，要了一打啤酒，这是苏格兰酒厂Brewmeister推出的啤酒，酒精含量为67.5%。安易十分满意这里能买到它。

"先生，酒全部都起开？"侍者把酒一一摆在桌子上。

"全开。"安易靠在沙发上，有些累了。

"砰砰砰……"连续十二响，声声打在安易的心脏上。如果说除了电子音乐还有什么能让安易觉得舒畅的话，那就是开酒的声音了。

侍者走后，安易连灌自己两瓶啤酒，然后打了一个酒嗝。

"哎哟,安公子。"

一个男人的声音传来,虽然周围很嘈杂但安易听得很清楚。这个声音不陌生,而且能叫得上自己的名号,不一定相熟,但一定是认识的。

"安公子,真是你啊,怎么一个人来玩啊,不是你风格啊。"

声音在安易的右耳位置,接着他看到一个模糊的人影坐到了自己的右边,人影的周围还聚集过来了不少人,看模糊的体态,有男有女,要么就是一起过来玩的,要么就是在酒吧临时"故意"认识,组的局。

"你哪位?"安易又拿起一瓶酒问道。

"安公子,贵人多忘事,我是你大学同学啊,上学的时候你就没正眼看过我,现在也不正眼看,有钱人就是牛气。"

安易没有吭声,继续喝酒,他不是不想抬头看,而是几乎看不见,尤其是在这个昏暗的环境中。

"安公子,我徐林啊,大学咱们一个班的,寝室挨着的,记得吗?"

安易摇了摇头,又灌下一口酒。

叫徐林的人尴尬地笑了两声,继续说道:"我向你借过钱,你没借给我,为这事儿我还跟你打过一架,记得吧?"

接着,徐林向身边的朋友——两男四女介绍了一下安易:"安公子,我们学校的风云人物,人帅多金,一般这样的焦点人物,基本都是全校人认识他,但他只认识那么几个要好的朋友。"

"为什么啊?"徐林拿起一瓶桌面上的酒,"安公子,为什么啊?"

安易隐隐约约记起好像有这么一件事,大三还是大四,教室或者食堂，根本记不清了，有个男同学找到自己，想借一些钱，对于安易来说一点都不多，也就几千块，但是他拒绝了。

他不记得具体因为什么原因没借给他钱了，大概是心情不太好吧，也不记得是因为什么心情不好了。

当时徐林被拒绝后也是这么问安易的——

"为什么啊？安公子，为什么呢？你那么大方，无论谁找你借钱你都慷慨解囊，几百、几千，甚至几万块，有的还不用还，可为什么我找你借钱，你偏偏就不借了呢？"

而现在，面对徐林又一次发问，安易仍旧没有回答他。

"如果你当初慷慨解囊，把钱借给我去应急，我就不会去借高利贷，这样我的大学以及现在的人生或许会轻松很多吧。"

这句话徐林是笑着说的，但是安易脸上异常严肃，他不认为自己有错，面对如此无礼的"讨伐"更无须道歉，酿成这样的结果也跟借钱与否没有半毛钱关系。

"所以呢？"安易反问道。

"所以，老同学偶遇，高兴的事情，不至于一言不发吧，况且我这次不找你借钱。"徐林说完冷笑了两声，然后用手里的啤酒跟安易碰了一下，"随意。"

徐林喝了一口酒，准备要离开了，临走前又盯着安易看了两眼，这才发觉他眼神不对，空洞洞的，又坐回沙发："怎么着安公子？不开心吗？"他现在是个"生意人"，心情不好的人是他生意的主要受众群体。而且，他不介意和"仇人"做生意。"有多不开心？说出来听听，没准我能帮你呢，我这个人很大度的。"徐林又说道。他身边的女孩在一旁应和："对嘛，大家都是出来玩的，最重要的就是开心嘛。"

"我很好。"安易道。

"不不不，你不好。"徐林得意地看着安易这一脸衰相，"你很不好。遇到什么事了？缺钱还是缺女人？钱我也有，利息很低的，女人也很多。"

话音刚落，四个女人围坐在安易身旁，几双白皙的手搭在安易身上，他浑身不自在，把女孩们推到一旁，自己又坐远了一些。

徐林嘴角挂起不屑的笑，然后从牛仔裤小口袋里摸出一小袋药丸，扔到了安易面前："这点东西，就足够让你开心。"

"什么东西？"

其中一个女孩拿起那包东西，在安易眼前晃了晃。安易只能看到影子，连颜色都看不清。

徐林这才发现他是瞎的，他伸出两根手指猛地向安易的眼睛插过去，安易的眼睛都不眨一下。

"哎哟，安公子，我说你怎么都不正眼看我呢，原来是看不见，瞎了啊。什么时候的事？"徐林说着笑出声来，"哈哈，不好意思，有点高兴，没有忍住，见谅见谅。"

安易的额头青筋暴起，他强忍着发作，毕竟自己现在这种状况，肯定不是他的对手，免不了要吃亏。

"谁瞎了能开心得起来呢，不过说真的，来点这个，有奇效的。"徐林继续推销着他的药丸。

"谢谢，不必了，我很好。"安易咬着牙说道。

"别急着拒绝，很管用的，刚有个后脖子上有文身的女孩买走了一些，她今晚一定会度过一个美好的夜晚。"

说完，徐林用眼神示意沙发上的女孩，女孩心领神会，打开袋子，用手指抓了一颗药丸出来，悄无声息地放进了安易面前的啤酒里。

安易没有察觉到任何异常，但是已经被搞得烦躁不堪了："请你们马上离开，我想一个人喝酒，谢谢。"最后两个字，语气尤为重。

"打扰了。"徐林站起来，带着他的人离开了。

安易拿起面前那瓶被加了"料"的酒，猛灌了一口。酒瓶落在桌面的时候安易用的力气有些大了，砰的一声，砸穿了瓶底，金黄色的液体肆意飞溅，一抹啤酒花落在一旁的烟灰缸内，在五颜六色的灯光下，浪漫得像是巨大的水晶上点缀了些许冰淇淋。

就在此时，音乐戛然而止，白炽灯亮起，三名穿着警服的人出现在人群之中。

"接到热心群众举报，现在对该场所进行临检，所有人，身份证，带回分局验尿……"

警察的话还没有说完，刚迈出去两步的徐林又撤回来，悄悄把身上的"东西"，放到了安易身上。

四　撞车

新一轮的循环开始之后余光知道那场注定的大火即将到来。

可是他等了足足五天,每天二十四小时守在商场,都没有等到事故的发生。每一次循环,所有的事物、时间都会有所偏差,所以跟上一次循环的一切并不完全契合,甚至很多细微之处都会有所改变,只有大的节点事件似乎是永恒的。

所以,之前几次循环的"经验",并不能改变什么,命运的巨浪该砸下来的时候还是会无情地砸下来。

其实他心里知道,他能做的只有顺其自然,就像他每一次越是执意预防这场起火,火灾越是发生得措手不及。

久而久之,成了心病。

心病,无药可医。

人就是这样,尽管什么都明白,但仍旧死死抱着执念不放。

余光就是这样的人——只放大自己的过错——觉得是自己的失职导致的火灾,内心的愧疚感每天都在成倍叠加。

最终,愧疚会变成绝望,压垮人原本就脆弱的心灵。

第六天,余光顶着厚重的黑眼圈坚持在岗。

老方推开经理室的门,看到余光打了声招呼:"老余,昨晚又值班了?"

余光道："反正我一个人，在家在这里都一样，小陈这不是刚谈恋爱嘛，我替他加加班。"

"你也得找一个啊，我看咱们商场一楼专柜的小宋不错，人美心善，贤惠安静，我看合适。"

余光连忙摆摆手："我心思不在这儿。"

老方坏笑道："憋着升职吧，我跟你讲，就你这工作劲头，这半年还得往上走一走，到时候可得照顾着兄弟啊。"一直在职场上"有所企图"的是老方，但是这个人小心思太多，单位的人际关系处得不好，所以，他一直嫉妒余光。要不然在上一次循环中余光被降职，他升为经理后也不至于那么拉踩人。

余光道："没有，你要是喜欢做经理，我让给你。"

老方心中一动，又笑呵呵地说道："余经理，又逗我开心。"

"我说真的。"

"真的？"

"真的。"

"那一会儿就去跟老板讲？"

"没问题。"

"等一下等一下……"老方拿出手机，打开摄像头，"老余，你再说一遍，我录下来。"

余光微微叹了口气，对着镜头一本正经说道："我，余光，觉得老方的能力在我之上，自愿让出经理一职。"

老方满意地收起手机："很好很好，一会儿老板来了我喊你。"他刚要转身被余光叫住，然后警觉地看着余光，担心他反悔。

余光道："夏天干燥，一定要特别注意防火，认真排除隐患。"

老方不耐烦道："你已经检查得那么认真了。"

"我自己认真不够,所有人都得认真对待,不然出了事故不仅仅是商场损失巨大,更会毁灭一个个家庭。"

"了解。"

老方走了之后,余光的手机便响了,是他为数不多的朋友打来的,昨天向他借了车,现在用完了要归还。刹那间,余光的脑海里闪过一道闪电,他想起商场第一次起火就是因为朋友还车,在路上不小心撞到一个女孩,虽然只是轻伤,但余光作为车主还是赶紧去了现场处理。赶到之后女孩已经走了,也就是余光离开的这二十分钟里,商场失火了。所以,从那次开始,余光觉得是自己擅离职守导致的失火,便把过错怪在了自己头上。

只是余光不知道的是,那第一次开始循环还没有循环结束的交通事故中,撞到的女孩是素问。

"别送过来,你开回家吧,我明天上班路过去取。"余光急忙说道,他有一种非常强烈的预感,今天必定会发生那场注定的火灾。

"你下班怎么办?"朋友问道。

"单车,地铁,很方便的,而且,我今晚大概率会继续值班。"余光道。

他挂了电话开始进入一天的工作,直到晚上十点半人们散去,商场关闭,都没有发生火灾。

余光选择了晚上继续值班,中间眯了两个小时,一直到天亮,商场营业前,什么意外都没有发生。

余光累极了,加上之前持续加班,他觉得全身的肌肉僵硬,大脑发昏。等老方上班后,余光跟他交代了几句便准备回家倒休了。

回去的路上尽管很疲惫了，余光还是坚持到朋友家里取了车，因为他担心商场在自己离开的时候发生什么意外，这样能以最快的速度赶回去。

幸好回家只需要十几分钟的车程，打起精神来，驾龄八年的余光有自信路上不会出状况。

刚开到祥林东路上，余光的手机铃声大作，是老方打来的。余光按下免提，老方慌张的声音响起："老余！出事了！商场着火了！"

此时正好红灯，余光一个急刹，车子稳稳地停在斑马线前："报火警了吗？"

"消防正在来的路上。"

"我马上回去。"

余光说完立即掉头往回走，他下意识地越开越快，开到祥林东路中段的时候，马路上突然窜出来一个女孩。余光迅速反应，猛踩刹车，但是车速过快，刹车距离太短，必然会撞上。

就在余光绝望的时候，一个中年男人飞身扑了过来，把女孩推开。砰的一声闷响，汽车撞上那个男人，他飞出去两三米远，然后又是一声闷响，男人生生砸在水泥路上。

周围的尖叫声在整条街上回荡。

余光撞上那个男人的那一刻觉得整个世界都是黑白的，只有一团火焰从一个角落开始燃烧，逐渐蔓延，很快，整个世界变成了无尽的黑色和熊熊火焰。

直到感觉黏稠，余光才发觉有血流了下来，模糊了眼睛。他的额头碰到了方向盘上，伤口至少有两寸，不过余光顾不上擦拭伤口，失魂落魄地从车上下来，踉踉跄跄跑向被撞者。

余光站在他们身旁，一言不发，但内心已是愧疚到了极点，愣了半天才意识到忘记拨打120了。

很快，远处传来救护车的鸣笛声……

半个小时之后，救护车抵达医院，高卓被推进抢救室，余光和素问在走廊里焦急地等待着。走廊明亮的光与他们现在的心情有着强烈的反差，给人一种越是糟糕，越是通明的错觉。

"真的很抱歉，我不是故意的。"余光说得很无力，因为他知道这样的道歉是苍白的。

"废话，如果故意就是谋杀了。"素问很生气，尽管跟高卓认识不久，但她觉得这是一个为了女儿拼命追凶的父亲，温柔且坚强。

"对不起……"余光再一次道歉，"都是我的错，酿成这样的惨剧一切都是我的错，我会承担一切。"

素问没有理他，一直望着手术室的门，双手交叉祈祷着。

沉默片刻后，余光又说道："你比我上次遇见的时候憔悴了很多。"他指的是上一次循环里在商场遇见过她。

素问全部的心思都在抢救室里，没反应过来他说的话："什么？"

此时，交警赶来处理这场事故，先跟余光了解事故详情。

素问理了理头发，打量着肇事者，发现眼前的这个男人竟然有些眼熟。从发生车祸的那一刻起，现场太嘈杂，神经又紧张，她根本就没注意过这个男人。但是素问回忆了很久，怎么也想不起在哪里见过他。

按照他刚才说的，上次遇见自己……

也就是说，两个人一定是见过面的。

现在，很显然的是余光记得素问，素问暂时还没有想起两人有过短暂的交集。

"工作单位。"交警问道。

"海润商场。"余光道。

"什么职位？"

"商场经理。"

海润商场？

素问在脑海里打了一个问号，倏地，她想起来了，在上一次的循环里她去过这家商场。素问也想起了，就是在那里遇见他的，但是当时他明明是保安，怎么现在成经理了？

难道？素问的直觉告诉自己，猜得没错——他也是困在这个夏日循环里的人——就凭他记得自己这一点来说，就足以证明了。

何况素问也记起了他，更是确凿无疑。

素问赶紧冲过去："警察同志，其实刚才我们都已经私下和解了，其实主要是我的责任，我横穿马路，才导致了这场惨剧。"

经过交涉后，基本事实清楚，对后续的流程和处罚，素问和余光都没有任何异议，表示积极、全力配合。

"为什么？"交警离开后余光不解地问道，"为什么突然……"

"为什么突然不那么愤怒和冷漠了？"

余光点点头。

素问道："因为，我也记起了你，我在商场遇见过你，那时候你穿着保安制服。"

余光恍然大悟："你也是……"

"对，我也是。"

"我以为只有我自己。"

"原本我也这样以为,在这个新的循环里,我又遇见老高,他明显记得我。"素问看向急救室。余光也随着她的目光看过去,三个在这个夏天反复循环的人因一次事故,开始有了交集。

那一刻,大家"同病相怜",三颗停留在这个夏天里逐渐孤独的心,如同飘荡在暴风雨的海面上,看到了泛着微光的灯塔。

"他是个什么样的人?"余光问道。

"好人,一个温暖的大叔。"素问微笑着说道。

"一定是的,在危急时刻奋不顾身救人的人,一定是一个好人。"

"你也是好人。"

"我是一个肇事司机,怎么能算得上好人呢。"

"直觉。"

余光没有说失火的事情,嘴角微微抽搐了下吐出两个字:"谢谢。"

两人肩并肩,看着抢救室门上亮起的灯,谁都没有再说话,但也不觉得尴尬。很多年以后,素问回忆起这一刻,那是一种冗长、宁静以及心安的复杂感觉。她很怀念。

余光口袋里的手机在振动,他走远去接,从老方那里得知,这次的大火并没有造成余光预计的那么多人受伤,但是商场损失的财物比之前的循环中要严重很多。

"我暂时赶不回去,路上出了事故。"余光道。

"你人没事吧?"老方佯装关心。

"我没事,但是撞了个人,在抢救。"

"行,你处理你的事儿,商场交给我。"

"谢谢。"

"对了,刚才总经理说我接替你的位置,让你去保安部报到。"

"好。"

挂了电话,抢救室的门被推开,医生和护士率先出来,余光赶紧跑过去。素问抢先问道:"医生,他怎么样?"

医生打量了一眼面前的小姑娘问道:"你是他女儿?"

尽管不是,素问还是点了点头。

医生:"病人脱离了生命危险,很快会醒过来,但病人脊髓横贯伤,情况比较严重,会导致下运动神经元的损害,出现下肢软瘫以及大小便失禁,大脑会丧失对下运动神经元的控制。脊髓属于中枢神经的一部分,如果断离了,不可再生,所以腰脊髓横贯伤治疗的难度非常大,康复训练的过程也较为漫长。家属要有信心,才能更好地帮助病人转移视线,忘掉痛苦,适应新的生活。"

素问的眼睛瞬间红了:"您的意思是,他以后下不了床了。"

"积极治疗,努力康复,以后或许有机会。"

医生说完离开了,素问脚下一软,没有站稳,余光及时扶住了她。

"他还要找杀害他女儿的凶手,下不了床比杀了他还要难受。"悲伤的情绪淹没了素问,导致她的声音很小。

余光道:"相信我,我理解,我真的理解,就像那场火,在我的梦里,在我的心里,一直烧,一直烧,永不停歇。"

五　夏天也没那么长

高卓醒了，面对自己的境况，他显得过于平静了。

"老高，你真的没事吗？"素问充满了担忧。

高卓点点头："当然，我没事，就是有一点儿遗憾。"他看向余光，"其实还有一些高兴，高兴遇见一样在这个循环里挣扎的同类人，余光是吧？"

余光点点头："是。"

"很高兴认识你。"

"我也是，但是还是想跟你真诚地道歉，一切都是我的错。"

"不是你的错。好了，你们都出去吧，我想一个人待一会儿，看会儿电视。"

素问打开电视机，里面正在播一档音乐节目，一支中国内地摇滚乐队正在表演。

素问和余光出了病房，门关上的那一刻，听到里面传来歌声：

夏天　它也没那么长

它也就一眨眼　从天堂到地狱了

我们　也没有那么的远

它也就一光年　之间的距离

就到达了　又怎么样

所有的希望和所有的失望

都在这个瞬间　和夏天一起过去了

希望和所有的失望　都在这个瞬间

和夏天一起过去了又回来

　　走到护士站的时候素问突然转身,又折回了病房,余光见状赶紧跟了上去。

　　素问回到病房,猛然推开门,正好撞见高卓拿着水果刀对准了自己心脏的位置。

　　"大叔!"素问嘶哑着喊道。

　　"结束自己,开启下一次循环,凶手还在逍遥法外,我不能躺在病床上。"高卓手里的水果刀又靠近了心脏几分。

　　素问关上门,继续说道:"大叔,我觉得你要不要再考虑一下?我们无法确定这个夏天的循环是永无止境,还是存在一定的次数。"

　　这时余光说道:"对的,如果它有一定次数的话,那岂不是浪费了一次抓住凶手的机会,或许就是浪费的这一次,错失了某些线索,就再也抓不住他了。"

　　高卓沉默了,抓着水果刀的手放松了些,素问缓缓来到床边,拿过他手里的刀,迅速折叠,并放进自己的口袋,以防再次落入高卓手里。

　　余光道:"高先生,我们都是挣扎的人,虽然我不是一个父亲,但我是一个男人,所以我特别能理解你的感受,理解你的愤怒,甚至可以说是感同身受,我可以帮你做点什么。"

素问露出一个甜美的微笑:"老高,你好好休息,还有我呢。"

高卓欣慰地点点头:"祥林东路,138号。"

素问道:"放心。"

高卓努力挤出一个疲惫的微笑:"谢谢,你们去休息吧,我想一个人待一会儿,别担心,我不会浪费宝贵的机会的。"

素问看了余光一眼,两人离开病房。

高卓长长地叹了口气,然后从身边拿过自己的手机,他打开相册,随便点开了一个短视频,是家中客厅摄像头的视角——

"老高,老高?你去哪儿了?"穿着高中校服的高以云回到家,一边喊着,一边把书包重重扔到沙发上,一脸不开心,然后从茶几上拿起一包薯片,打开,塞满口腔。

"老高,你在家吗?"她含糊不清地喊着。

高卓闻声从书房出来:"在呢,放假了?"

高以云道:"没有,我偷跑回来的。"

高卓见女儿一副委屈巴巴的模样,走过去轻声问道:"怎么了?发生什么事了?"

高以云放下薯片,搂住他的脖子,开始放肆哭泣:"我失恋了!"

高卓拍着她的背:"是哪个男孩?我买点东西给他送去,感谢他放我女儿一马,让我女儿可以在更广阔的世界里发现更多耀眼的星星。"

高卓又点开一条视频,这次是女儿录制的第一视角——

"老高,我们养条狗吧。"

"我养你就够费劲了,还养什么狗。"

"不给你添麻烦,你继续负责养我,我负责养狗。"

"那我得认真考虑一下。"

"行,给你三秒钟。"

"三秒?"

"时间到,考虑好了吗?"

"再给点时间?"

"人生本来就没有那么多时间,养还是不养?"

"养。"

大一开学前夕,高卓正在帮女儿打包,卧室被他弄得一团糟。高以云拿着手机一边录制一边解说:"这是我爸,老高,正在帮我收拾东西。瞧瞧,这个添乱的男人,收拾后比收拾之前还要乱。"

高卓呵呵一笑:"给你装好上学用的就行了,回头我再慢慢收拾。"

高以云道:"我自己来吧,你做饭去吧。"

高卓:"一会儿带你吃大餐。"

良久,高以云没有回应。

"怎么了?吃大餐还不开心?"

"老高……我想我妈了。"

"嗯。"

"嗯,什么意思?"

"嗯就是我知道了。"

"老高,你要不再娶一个吧?年轻又漂亮的多的是,你配得上,毕竟我家老高这么帅!"

"帅我同意,再娶免谈。"

"为什么?"

"为了你。"

"我爱你,老高。"

"肉麻。"

"怎么就肉麻了?你是我亲爸,我是你亲闺女,我说我爱你不正常吗?你快说。"

"说什么?"

"说你也爱我呀。"

"我不说。"

"不行。"

"多给你一个月零花钱,放过我。"

"不行!"

"老高,我太丢人了。"大一迎新晚会,17岁的高以云登台唱歌,因为太紧张,唱破音了,她难过地给高卓打视频电话。

高卓道:"不丢人啊。"

"你又没看到,现场太糟糕了。"

"我看了,全程都在。"高卓举着手机出现在后台,"很好听嘛。"然后高卓唱起刚才女儿唱的歌,"夏天它也没那么长,它也就一眨眼从天堂到地狱了……"

"停,你唱得太难听了,好丢人。"高以云哭笑不得。

高卓关掉相册,打开了女儿的微信,高以云的声音响起:"老高老高老高,军训终于结束了,我还有半小时到家,超级饿,我感觉现在可以吃下两头牛。"

"你想吃什么?"

"我要吃比萨,超辣墨西哥比萨!"

"行,我下楼接你,直接去吃。"

"爱你。"

高卓把聊天记录滑到最底端，手指停留在最后一条语音的上方，久久没有勇气落下。那是高以云在这个世界上留下的最后一条信息，终于，他颤抖的手还是点开语音，高以云虚弱的声音响起："老高，我这十七年来，给你添太多麻烦了，对不起。"

语音完毕，高卓迅速把手机关掉，他闭上眼睛，强忍着不让眼泪掉下来，用力地咬着牙，感觉自己快要呼吸不上来了。

压抑自己的情绪是很折磨人的一件事，尤其是女儿遭遇杀害，凶手还未落网的情形之下，痛简直是侵入肝脾、摧心剖肝。

良久，高卓平复了心情，按下床头呼叫的按钮，护士赶来询问他哪里不舒服，高卓却说道："允许点外卖吗？"

护士道："医院有食堂，你想吃什么？"

高卓道："超辣墨西哥比萨。"

护士连忙阻止："那绝对是不可以的，你刚做完手术，要避免辛辣刺激食物。"

高卓坚持道："我只点，不吃。"

"我们得为患者负责。"

"我点过来，看一眼，你就拿走。"

"病房是不允许外卖进来的，好好休息，有事随时呼叫，谢谢理解与配合。"

高卓失落地点点头："抱歉，给你添麻烦了。"他强忍着的那滴泪也在点头的那一刻滑落下来。

中年男人的眼泪，又苦又涩。

高卓尝过不止一次。

六　凶手的狡计

素问和余光是在医院门口分手的,他赶着回去处理商场的要紧事,而素问直接打车去了高卓提供的那个地址——祥林东路,138号。

原本晴朗的天说翻脸就翻脸,半路下起了暴雨,看雨量,一时半会儿没有要停的意思。

出租车停到138号的门口,素问付了钱打开车门,跑下车,冲进那家文身店,身上不可避免地湿了一半。

"欢迎光临。"店主是一个二十多岁的男人,头发染成了薄荷绿,穿着黑色T恤和花短裤,"文身还是躲雨?"

素问打量着店里,墙上贴满了各种文身图案,有的小巧精致,有的复杂震撼,她盯着一张堕落天使的文身海报问道:"有文身的想法,过来了解一下。"

"第一次?"

"第一次。"

年轻的店主笑道:"其实很简单,指定一个自己喜欢的图案,或者有意义的某种象征,文在身上就得了,普通文身,没有什么讲究。"

素问道:"我喜欢希腊神话。"

店主打了一个响指:"巧了,前几天刚有一个女孩文了奥德修斯。而且店里有活动,三折。"

"我喜欢希腊女神。"

"没问题,你挑吧。"

"你之前文过希腊女神吗?"

"说实话,奥德修斯是我第一次文的主题,但是画工、技术,你放心,绝对是一流的。"

素问点点头,她看不出这个年轻的老板有什么问题,也看不出这家店有什么古怪。如果店主说的是真的,他只文过一次奥德修斯,那么凶手的文身就不是在这里文的。

"你知道还有其他文身店做希腊神话的主题吗?"素问又问道。

店主的脸上挂上了些许不悦,心说这个年轻的小姑娘不懂事,这相当于去肉店买肉,问店主附近还有其他卖肉的地方吗。

"存心捣乱是吧?出去。"店主生气道。

"不不不,我没有捣乱,我是真的想了解一下。"

"你要文身的话就在希腊主题的图库里选一下,三折。"店主明显已经不耐烦了,他把笔记本电脑转向素问,桌面上打开着一个文件夹,里面全是各种样式希腊神明的图案——大地之母盖亚(Gaea)、地狱深渊之神塔耳塔洛斯(Tartarus)、爱神厄洛斯(Eros)、黑暗之神厄瑞玻斯(Erebus)、黑夜女神倪克斯(Nyx)以及泰坦十二神和奥林匹斯众神,甚至还有魔物怪兽,海德拉(Hydra)、拉冬(Ladon)、塞壬(Siren)等等。

"在里面挑?"素问道。

"对。"店主漫不经心地继续说道,"如果你的朋友也来文希腊神话主题,我就给你免单,拉的朋友多还有奖励。"

127

"你的店刚开业?"

"老店了。"

"这么大力度的活动做这么多年,老板挺有情怀的。"

"情怀个屁,三折活动只针对希腊神话主题。"

"这些图案这么复杂,为什么反而优惠呢?"

"你文就文,不文就不文,哪来这么多话。"

此时,一个女孩推门进来:"老板,我来文月亮女神,是小艾介绍来的。"

店主立马笑脸相迎:"进进进,她跟我讲了,你想文在哪里?"

女孩道:"后背。"她穿着一件灰色的紧身露背上衣,白玉肩,无瑕背,素问都忍不住多看两眼。

店主嘴里发出啧啧的声音:"完美,简直完美,以你白皙的肤色,文在后背一定美得无以言表。"

女孩害羞地低下头:"谢谢。"

店主开始准备工具,低头对素问说道:"你考虑一下,机不可失,我也不知道活动还能进行多久。"

女孩说:"是呀,真的好便宜啊,我会再介绍朋友来的。"

店主笑眯眯地对女孩道:"多多益善,成了给你大红包。"

素问心里总觉得这里面一定有古怪。但是根本无法把一个文身店跟一个杀人凶手联系起来。

应该缺少很多环节。

什么才能把一个连环案凶手跟一家普通文身店联系在一起呢?

离开文身店后,素问给高卓打了一个电话,说了店主的古怪之处,且暂时没有实质性的收获。

"辛苦你了,回去休息吧,今天你够累了。"高卓的语气听不出难过，甚至听不出有任何情绪，似乎他早已预料到会有这样的结果。

"我不累，我在街上逛一会儿，就像你之前没有任何线索在街上逛，万一有奇迹呢。"

"像只没头苍蝇一样。"

"对，就是像只没头苍蝇一样，你怎么知道奇迹不会发生在我身上？"

"谢谢你。"

"你帮我教训坏人，替我躺在病床上，该说谢谢的人明明是我。"素问站在路边，伸出一只手去接雨水，"老高，我能叫你一声爸爸吗？"

高卓沉默了许久："好。"

素问道："爸爸。"她的声音哽咽，想起四岁那年，也是一场暴雨，父亲从隔壁市开车赶回衡州市，在路上出了意外。

高卓道："小云……"

突然，一道闪电闪过，然后听筒里传来嗞嗞的电流声，接着是滚滚雷声，像是要劈开这千吨厚重的云层。

电话中断了，雨势也更大了一些。

素问回忆着她四岁唯一的记忆——暴雨和父亲的意外死亡——那是她这一生见过最大的雨，别墅院子的积水，已经漫过了脚踝。晚上十一点钟，四岁的素问坐在阳台的秋千上等着父亲回来，因为父亲两个小时前打来电话，明确说今晚回来。

"你不要骗我哦。"接电话的时候，小素问说道。

"骗你是小狗。"父亲说。

"你只能是大狗。"

"好，我要是骗小问，我就是大狗。"

挂了电话的小素问就跑去了阳台，两个小时内母亲四次来喊她回去睡觉，她都不去，嘟着小嘴说不困，坚持要等爸爸回来。

母亲打着哈欠，第五次过来喊素问："小问，雨太大了，又潮湿又凉，小心感冒，跟妈妈去床上等。"

小素问道："我不。"

母亲耐心道："听妈妈的话，回去等一样的。"

小素问摇着头："我怕回去等就睡着了，睡着了万一爸爸不回来了呢。他不回来的话就会变成大狗，那我就没爸爸了。"

母亲哭笑不得，走过去跟素问一起坐在秋千上："行，我跟你一起等。"

小素问眨着眼睛问道："为什么？"

母亲把小素问抱在怀里："因为，我也不想我老公变成大狗啊。"

突然，客厅里的手机响起，母亲松开小素问去接电话，两分钟后母亲红着眼睛回来，厉声说道："小问，回房间睡觉。"

小素问撒娇道："我不嘛，我要等爸爸。"

忽然，母亲控制不住吼了出来："我让你回去睡觉！听到没有！"

小素问吓坏了，缩在秋千上，一动不动。

母亲深呼吸了两次，这才走到小素问面前，蹲下用缓和的语气说道："听话，回房间去。"

小素问不明白："为什么？"

"因为，你爸爸回不来了。"

"没关系，我可以等他嘛。"

"是永远回不来了。"

"永远很久吗?"

"很久。"

"很久能有多了不起?!"

收起儿时的思绪,擦掉眼泪,素问撑起伞,走入雨中。她心里清楚,一个失去女儿的父亲绝对不会放弃任何线索。所以,她想多做一点,再多做一点。

大雨中的汽车减少了很多,行人也寥寥无几,只有公共交通工具还在按部就班地运行着,就像这个城市的机械齿轮与杠杆,周而复始,永不妥协。

尽管雨很大,但天气仍旧异常闷热,无风的夏天,尤其是雨天,浑身又湿又黏,闷得让人喘不过气来。道路两旁茂密的树枝被雨浇得低下了头,像极了在困境里成为斗兽的人们。

素问走在路上,看着雨幕里偶尔经过的每一个人,尤其注意他们右臂上有没有文身。

走着走着,素问无意间抬头看见了另外一家文身店,她本能地走进去。店里面没有其他客人。

这个鬼天气,如果门庭若市才真是见鬼了。

素问看到了门口摆放的花篮和优惠海报,看得出这是一家新开业的店。海报上的内容写着:新店开业,文身者一律五折,希腊神话主题文身免费!

店主靠在椅子上,仰面朝天地打瞌睡,手机躺在桌面上,上面正在播放着最近闹得沸沸扬扬的女主播季白的新闻视频。

"老板,老板……"素问敲了敲门,叫醒老板。

双臂满是文身的店主被惊醒,看到有顾客上门,赶紧擦了擦口水，用手揉了揉脸。

"有什么需要吗？"店主问。

素问道："免费吗？"

店主打了个哈欠，说道："对，免费，但是仅限于文希腊神话的图案。"

"我想文一个名字。"

店主伸出张开的手掌："五折。"

素问继续问道："老板，好奇怪，为什么复杂的图案免费，一个简单的名字却是五折呢？"

店主道："新店开张吸引顾客嘛。要不你文希腊女神嘛。缪斯你喜欢吗？文艺女神哦。"

素问说着便要出门去："我考虑考虑。"

店主赶紧拦着："有便宜不占？何况这么大雨，文完雨也就停了。"

素问重新撑开伞，说道："回头我跟我闺密一起来。"

店主眉开眼笑："那敢情好，回去帮着多宣传，到店免费。"

素问离开这家文身店，快步向南走去，她心中的疑虑更深了。走了一百多米，素问忽然想起什么，转身又折了回去，她没有进店，在门口问道："老板，您这店开多久了？"

老板道："不到半个月，怎么了？"

素问又问："免单的活动什么时候开始的？"

老板道："一星期前。"

"谢谢。"

素问道完谢，再次离开。一辆出租车驶过，素问伸手拦下，上车后她告诉了司机一个地址，那是她刚才用手机地图查询的距离这里最近的另外一家文身店。

一刻钟后，出租车抵达目的地，素问透过车窗看到店门紧闭，或许是因为天气的原因，店主提前关门回家了。

素问记下门店招牌右下角的电话号码，然后对司机说道："师傅，往前开，不用太快，慢慢走。"

"好嘞。"司机重新发动汽车。

车子发动后，素问拨出了刚才记下的号码，片刻，有人接通。

"请问是'刺客'刺青吗？"

"没错，你是？"对方说道。

"顾客。"

"不好意思，今天提早打烊了，要不然明天一早，您直接来店里。"

"我想咨询一下，咱们店里有希腊主题的文身吗？"

"当然有，而且还在做活动，两个人或者两个人以上一起来的话，只收一个人的钱。"

"这个活动听着就划算，活动开始多久了？"

"一个星期左右吧。"

素问挂了电话后，对着司机报出了第三家文身店的地址。

那家店很远，司机开了差不多四十分钟，到达目的地后，素问没有下车，远远就看到了这家文身店招牌下方的滚动文字，是介绍关于希腊神话主题文身的大力优惠活动。

接着去第四家店，也关门了。她拨打了招牌上的电话，这一家没有希腊神话主题的文身项目。

然后是第五家、第六家、第七家、第八家……

一整天，她跑遍了整个衡州市147家文身店，有希腊神话主题文身项目的店家近八成。素问震惊，因为这在上一个循环之中是不存在的，不然高卓在寻找文身店的时候一定会发现如此敏感且诡异的事情。

她在距离医院还有三个路口的位置下了出租车，因为她身上的现金不够支付车费了，而且手机电量耗尽，无法进行电子支付，她只好走回医院，借一个充电宝充电。

雨丝毫没有减小的迹象，傍晚车流高峰期的街上，异常拥堵。鸣笛声不断地刺激着素问的神经，她感到头疼极了。

素问被烦得抄小路走，突然安静的环境让她有些失神，就像一个焦灼的灵魂乘上了一缕春风。

她心中有一个推测——这所有的促销活动一定跟凶手脱不了干系，甚至说就是凶手所为——他所留下的线索只有右臂上的希腊女神文身，如果要想掩盖这个特点，只要让一百个一千个一万个人拥有这样的文身。那么这个文身就相当于消失了，而他本身也会隐匿于市。

素问快步走着，她要尽快把查到的内容告诉高卓。但她不知道的是身后一直有一个穿着黑色雨衣的男人跟着她。

是从第三家店开始的，男人开着车一直跟在素问所乘的出租车后面，直到素问下车，他也下车，继续跟在她身后，而且越来越近。

素问毫无察觉，毕竟在嘈杂雨幕的掩饰下，很难发现身后有人。

雨衣男人的脸完全隐匿在雨衣帽子之下，就在还距离素问不足五十米的时候他突然加快了脚步，很明显就是冲着素问去的。

四十米、三十米、十米……

就在黑色雨衣男人抬起手的那一刻,一道惊雷,吓了素问一跳,她停下脚步,背后的黑色雨衣男人也停了下来,两个人隔着雨幕近在咫尺。

素问拍了拍胸口,把鞋脱了下来拎在手里——雨已经灌满了鞋子,走起路来非常不方便,而且还容易崴脚——继续向前走去。

雨衣男人也迈开脚步,就在他再次伸出手的那一刻忽然一个声音响起:"素问!"

素问和雨衣男人都听到了,素问循着声源看去,雨衣男人转身离开,消失在了雨幕之中。

七　无处可逃

季白酒醒了,从酒店房间的床上爬起来的时候头疼欲裂,她到卫生间冲了个凉,然后吃了两片头疼药。

手机已经没电了,她接上充电线,然后用房间的电话叫了份东西吃。

五分钟后,客服服务送到,是一瓶美人鱼城堡红酒和一份黑胡椒意大利面。

看见食物的季白忽然感觉自己饿极了,她开始大快朵颐起来,一口气吃了半份意大利面,然后直接拿起红酒瓶喝了几口。

与之前网络上的女神形象判若两人。

反正现在只有她自己,反正已经是现在这个样子了,无所谓,通通无所谓。

只不过心中憋了一口闷气,本想在这一次循环里主动出击,但被黑崎在喉咙里硬塞了十万只蟑螂,既堵心又恶心。

想到这里,季白吃不下去了。这时,手机亮了,充了百分之十的电量自动开机了。季白查看手机,没有收到任何来自安易的消息。

拨他的号码,仍旧处于无人接听状态。

季白把手机扔回桌子上继续充电。她连骂了几声"王八蛋"。

第二部分：七 无处可逃

令所有女人都抓狂的事，便是喜欢的男人的电话一天一夜打不通。

季白打开墙壁上悬挂的电视机，坐在地板上，右手握着红酒瓶，背靠床边，头向后仰去，秀发散乱在床上，再加上她半透明的丝质睡衣，整个人像一幅安静唯美的油画。

后海大鲨鱼的歌声飘荡在房间里：夏天它也没那么长，它也就一眨眼从天堂到地狱了……

她盯着天花板发呆，时不时把红酒送入口中。眼睛眨呀眨，天花板漂亮的水晶灯从模糊到清晰，再从清晰到模糊。忽然，季白直起身来，她似乎看到在水晶灯的背后有一个很小的红点闪烁了一下。

闪烁频率很低，大概二十几秒一次。

季白拉上窗帘，重新确认了一次，确实有一个不易觉察的红点闪烁！

偷拍！

这是季白的第一反应，她起身给自己披了件衣服，然后拨打了前台电话，歇斯底里说道："你们房间里有摄像头！给我一个说法！立刻！"

挂了电话，季白在房间里来回踱着步，良久，不见有人来，季白又打电话催促了一遍，前台答应好的好的，就是没有人上来。

"我现在要报警了！"季白第三通电话拨过去，"你们看着办！"随即季白挂断，刚要拨110的时候，发现电话线被切断了。

季白拿起手机，信号也没有了，幸运的是WiFi信号还是有的，在点开网页的那一刻季白呆住了，最近热搜榜的第一名赫然写着——季白直播间。

为什么我的直播间会上热搜？我又没有上直播。季白疑惑着点开热搜，直接跳转到了自己的直播间，满屏的弹幕袭来：她发现了！她发现了！她发现了！

季白关掉弹幕，竟然看到了自己，画面里的自己正盯着手机屏幕看，就是她现在的行为——她被直播了！

季白震惊了，她浑身僵硬，不能动弹分毫。

原来那个摄像头不是用来偷拍而是用来直播的。

季白还注意到，此时直播间的人数是三百二十八万，要知道她还未被曝出"真面目"的时候平均一场直播下来直播间的人数基本维持在八十万左右，这已经算是非常大的流量了。

现在竟然史无前例地达到了三百万，弹幕密密麻麻，还有源源不断的人涌进直播间。但，百分之九十九都是为了"观赏"季白的那张毁掉的脸以及用弹幕发泄自己生活的苦闷。

她要疯掉了。

季白想到的第一时间就是逃出这个被直播的房间，可她来到门口后却怎么也拉不开，门被锁死了。

她又来到窗前，发现楼下聚集了很多自媒体博主，有的正在直播，有的拿着相机时刻准备着。

应该都是根据网上被曝出的照片和直播信息找过来的。

季白第一次发觉，原来流量才是真正的精神毒品。有的人为了获取流量，不择手段。

既然出不去，那就把摄像头都找出来。季白拆了一条凳子腿，把屋顶的吊灯砸了下来，把藏在其中的那枚微型摄像头直接砸毁。

这时她发现，直播间里的摄像头角度又变了，这说明，这个房间里不止一台偷拍设备。然后她根据直播间镜头的方向，一个一个寻找——桌子上摆放的小熊玩偶的眼睛,两处墙上的插座、对着床的艺术画、窗帘盒、电视机、卫生间、沙发靠背里、插卡取电处、猫眼、镜子后面——前前后后季白找出来二十八个隐藏摄像头,这个房间也被她砸了个稀巴烂,如同被怀有深仇大恨的敌人洗劫过一般。

终于,直播间变成了漆黑的屏幕。

季白长舒一口气,瘫软在地毯上,欲哭无泪,力尽气绝。她知道,虽然直播被自己暴力切断了,但她仍旧走不出这个房间。

季白拿起躺在地上的手机,发现还是没有信号。

不仅如此,网络也中断了。

她盯着手机屏幕,祈祷着信号的出现。三分钟后,信号满格了。过了一会儿,信号又没有了。

素问烦躁极了,当信号第三次重新出现的时候,她似乎明白了,她现在需要拨通的电话应该是那个号码,那个来自恶魔的号码。

素问深吸一口气,拨通了黑崎的电话,果不其然,通了。

"黑崎,又是你干的。"素问的语气十分肯定。

"什么?"他在电话那头轻描淡写,"什么是我干的?我干了什么?我干的事儿太多了。"

"直播间,我的直播间,你黑了我的直播间,黑了我住的酒店,你在直播我。"素问没有更多的力气说话了。

"我还有个会,如果没有正经事我要去忙了。"他的潜台词是"明知故问"。

"黑崎……"季白像是泄了气的热气球。

"怎么?"他的语气怎么听怎么都像是在笑。

不，不是笑，而是得意。

"我认输。"季白道。

"认输？何来认输？"

"我错了。"

"何来的错？"

"你准备玩到什么时候？"

"玩？我很忙的，没空陪你在电话里过家家。"

电话被挂断了，季白歇斯底里对着电话尖叫了几秒钟。

一想到自己的脸以及在酒店房间里糟糕透顶的窘态全部直播了出去，季白的肺都要气炸了。她想象得出躲在屏幕背后一张张丑陋的嘴脸，幸灾乐祸、落井下石、推波助澜、火上浇油，甚至趁火打劫。

此时此刻，她被"困死"在酒店房间里，无处可逃。

一只蟑螂从卫生间爬出来，在地板上乱爬，季白也不害怕，直接用手抓起来，放进了手上的那瓶红酒里，然后盖上了木塞。

与此同时，自身难保的还有安易。从酒吧被带回分局后，安易被检测出吸食毒品，而且还在他身上查获了50克新型毒品。

事后通过监控看到是有人栽赃，且同时对他进行的全面调查排除了安易持有、贩卖毒品。

而真正的毒品持有者徐林，涉嫌贩卖毒品，将被追究刑事责任，予以刑事处罚。

警察同志把他的手机拿出来，正准备递给他，安易又说道："麻烦警察同志帮我打一个电话吧。"他指着自己的眼睛，"我基本上看不到了，密码六个零。"

警察同志解锁了他手机，看到十几个未接来电："你有很多未接，全是季白打来的，是要打给她吗？"

安易点点头。

警察同志回拨了季白的电话号码，提示对方暂时无法接通："无法接通，晚点再打吧。"

安易道："能再试试吗？"

接着，警察又试了两遍，依旧接通不了。

"不打了，麻烦您了。"安易说道。

安易听到了窗外的雨声，很大的雨声。他想，下了那么久的雨，积水一定很多了，多到足够淹没一个人的心。

路过卫生间的时候安易忽然停下了脚步，警察同志问道："怎么了？想上厕所？"

安易摇摇头说道："我听到卫生间有人在吐，非常非常难受，应该是身体不舒服，不知道是你们同事还是犯罪嫌疑人。"

警察同志很疑惑，安易又补充道："警官，我自从眼睛失明后耳朵变得格外灵敏，应该不会听错。"

警察回头对旁边整理文件的小李："去卫生间看看。"然后带着安易继续往外走。

刚进到卫生间的小李又冲出来，大喊道："快打120，许队晕倒了！"

八　触不可及

衡州市人民医院，三楼脊柱骨科走廊。

素问和余光从走廊尽头过来，推开12床的病房门。高卓闭着眼躺在病床上，胸口均匀地起伏着，电视机还开着，正在播自然类的节目。

"我没睡。"高卓睁开眼睛，"睡不着，事实上我很久没有好好睡了。"

余光微微点了点头，他明白这种备受折磨的感觉，因为他也很久没有好好睡一觉了，一闭上眼睛就是大火，依靠药物睡着之后就会做溺水的梦，溺水的感觉异常真实，然后憋醒自己。

高卓读懂了余光的眼神，说道："你试过米氮平或者阿米替林吗？"

余光道："没有。"

高卓道："你可以试一下，我吃过效果不错，但是我不想睡，我想醒着。"

余光道："谢谢。"

接着，素问讲了她这一天的调查结果，听完之后，高卓和余光的想法与素问的推测一致。

"我有一个主意。"素问古灵精怪地说。

"什么主意?"余光问道。

素问刚要开口,高卓打断道:"无论什么主意,我同意,但是我想在场。"

余光摸了摸头后,有点犯难,毕竟高卓刚做完手术,而且医院是绝对不会同意他离开医院的。

"我还没说你怎么就同意了,万一我很离谱呢?"素问问道。

"因为,我只能依靠你们了。"高卓认真且坚定说道,"接下来,只有一个问题需要解决,把我弄出去。"

素问道:"很简单,八个字,正大光明,若无其事。"

接着,余光租来一台轮椅,两人合力把高卓抬到轮椅上。

"来吧,装睡。"素问道。

高卓安稳地坐在轮椅上,闭上了眼睛。余光推他出病房,素问跟在左侧。

走廊里人很多,但是没人注意不相干的人。所以,这一路他们很顺利。

此时的雨基本上停了,虽然还飘着小雨,很多行人都已经不打伞了。三人站在医院门口,素问开始分配任务。

"余哥,麻烦你去祥林东路138号文身店,无论用什么方式都要把店主带过来。"素问拿出手机分享给了余光一个地图位置,"位置我已经发你手机上了,我跟老高会先到那里等你们。"

"好的。"余光说完拦了辆出租车走了。

素问推上轮椅,朝南走去,她微微低头问高卓:"老高,你有多少钱?"

高卓道:"不算少。"

素问道:"那就好办了,这个计划里咱们得花点钱了。"

143

高卓道:"没有预算,不够的话我可以抵押贷款。"

"没有那么夸张,花多少取决于文身店老板有多少有价值的线索。"

说着,两人已经到了医院附近的建设银行:"取现金,有冲击力。"

他们在建设银行取了钱,又打车到农行取钱,然后是工行,以及其他一些银行,总共取了二十八万。

素问把所有钱装进路过学校的时候在街边店铺随手买的书包,幸好是空间略大一些的双肩包,不然这么多钱是塞不下的。

然后两人又打了一辆车,去了跟余光约定好的地方——废弃楼盘——不知道是资金链断裂还是用地问题,停工好多年了。

在路上的时候,素问在网上下了一单,指定店家送货到那个废弃楼盘。

高卓问道:"你买的什么?"

素问道:"文身贴纸。"

"文身贴纸?"

"没错,你没有听错,就是文身贴纸,很霸气的那种。像什么蜘蛛网、芒星、眼泪、看门狮、骷髅、白蛇、龙、白虎、鲤、匕首、十字架、圣母玛利亚、船舶等等。"素问语速很快地解释了很多。

高卓听得眉头紧锁。

这时,司机警觉地通过车内后视镜看了他们一眼,一个模样青春的女孩,一个残废的大叔,怎么看都不像是"混迹江湖"的,更像一对父女。

素问觉察到了,对司机露出一个甜美无邪的微笑:"师傅您放心开,我们聊过家家的事儿。"

司机尴尬地笑了笑,脚下用力,加大了油门。

很快,便到了废弃楼盘。在司机热心的帮助下,素问顺利把高卓从车上抱下来,放在了轮椅上。

出租车刚走,同城跑腿就到了,素问边签收边说了声谢谢。

"趁余光还没有来,我先开始了。"素问说着拿起一张蜘蛛网的文身贴纸,贴在了自己白皙的脖颈上,然后又拿起眼泪的文身贴纸贴在眼角,接着是匕首、一些罗马数字、小丑面具等等,分别贴在了手臂、胸口、大腿、小腿、脚踝等部位。

现在的素问,跟之前单纯的模样判若两人,俨然一副混迹社会的大姐头之类的角色。

"怎么样?看着真实吗?"素问问道。

"挺唬人的。"高卓道。

"唬人就行,要的就是这个效果。"素问递给高卓一张新月的文身贴纸,"老高,你得帮我一下,贴在后脖子那里,千万别歪,一歪就露馅儿了。"

高卓接过贴纸,认真贴好。

"大功告成。"素问揭掉全身上下的贴纸膜,在现在阴沉的天气之下,不仔细看根本看不出贴纸与真正文身的区别。

突然响起两声汽车鸣笛声,远远地有一辆出租车驶了过来。

素问拿出墨镜架在高卓的鼻梁上,嘱咐道:"你就戴着墨镜安心坐着,一句话也不用说,这样威慑力更大。"然后自己也戴上了墨镜。

高卓点了点头,一言未发。

出租车停到他们跟前,余光带着人下了车。

文身店老板看见素问的第一眼,就吓得直哆嗦,哪里还认得出这是上午刚刚去过店里的顾客。他又瞥见了一旁戴着墨镜坐着轮椅的高卓,气场强大,现在不仅仅是心突突跳了,肝儿都跟着颤了。余光推了一下他的肩膀,他便脚下发软,坐在了地上。

"各位老大,我哪里得罪你们了吗?"店主声音颤颤巍巍,"我是一个老实本分的生意人,小店利润也不大,不是绝对的好人,但也绝对没做过什么伤天害理的坏事,不用这样吧……"店主吞咽了一下口水继续说道,"是真想不出来……各位老大给个提示……"

素问没想到比她想象中要顺利太多,她原本还在脑海里的小剧场排练了几次呢,贴文身的时候还在想,应该用什么样的话术逼店主乖乖就范。

素问用冰冷的声音说道:"问你几个问题,一个问题五千块,如实回答。"

店主连忙摆手,嘴巴像被烫到一样:"不不不不……尽管问就好,我绝对知无不言言无不尽,钱我可是不敢收的。"

"给你就拿着,少说废话。"素问从包里拿出一扎钱,扔到店主面前,"捡起来。"

店主只好照做,但是觉得钱拿在手里烫手。

素问厉声问道:"是谁让你做希腊神话主题的促销活动的?"

店主老实回答道:"不认识,一个星期前突然有人进店里,让我做一个活动,并给了我一些希腊神话的图案样式,说每成功推销一个顾客,提成两千,而且在我这里预付了三个人的提成,六千块,傻子才不做呢。"

素问又问:"那人长什么样?"

"他戴着棒球帽子,帽檐压得很低,没看清脸。"

"认真回忆,形容一下那个男人,以及他的特征。"

"个子不高,最多一米七,皮肤有点黑,毛发旺盛,身上挺有肌肉的,应该平时要健身。"

素问打断他:"说点我不知道的,特别的。"

店主认真回忆着:"他胳膊上就有希腊女神的文身,不过遮着,看不全,还有,他是西北口音。"

"能具体一点吗?"素问追问。店主努力回想着:"应该是兰银官话。"

"能确定吗?"

"能。"

素问点点头,跟余光耳语了几句,余光送店主回去,半小时后又带来另一个文身店老板。

还是素问这套流程,一个问题五千块的情况下,店主十分配合。

不过这次比较失望,获得的全是无效信息。

他们没有放弃,继续如法炮制,直到第五个店主才提供了一条有价值的线索——那个人来谈活动的时候店主正好在跟老婆发微信语音,阴差阳错地断断续续录上了对方几句,不过不是很清晰。

听到这个消息,高卓的嘴角上扬,有了语音样本,就能对凶手进行声纹鉴定,就可以为认定犯罪人提供鉴定结论。

之后便是漫长的重复,重复,再重复。当坚持不懈地进行到第三十九个店家的时候,又有了新突破——原本高卓等人是不抱任何希望了,因为第三十九个店主和凶手是通过邮件沟通并达成协议的。店主没见过对方的样子，就连声音都没有听到过。但是素问还是不厌其烦、严谨地重复着每一步，她给店主听了语音，店主一下就辨别出这是景泰县的口音。

"你确定吗？"素问激动地问道。

"我老婆是景泰县人。"店主道。

素问拿出手机查了一下，景泰县隶属甘肃省白银市，在河西走廊东端，地处甘宁蒙交界地带。

终于有望锁定嫌疑人了！只要弄清楚他的身份，警方就能抓到他！

五点一刻，天已经亮了，三个人都很疲惫。

"再一次感谢你们。"高卓摘下墨镜，擦了擦红肿的眼睛。

素问打了个哈欠，余光点了点头："回去吧。"

余光包了一辆出租车，那辆车现在就停在不远处。素问推高卓过去，余光把关于凶手的信息汇总了一下，发给了高卓的微信：凶手，男，三十岁左右，一米六八到一米七之间，皮肤黝黑，右臂有希腊女神文身，说兰银官话，景泰县人或者该县附近的人，掌握了凶手语音样本。

高卓直接转发给了一直负责这起连环凶杀案的警官，并附带上了凶手的语音。

"方警官，这么早打扰了，这是我收集到的关于凶手的信息，语音有些乱，但我相信在警方强大的技术手段和刑侦手段下，凶手可以早日落网。"高卓留了言，收起手机。

嗡嗡……

高卓又拿出振动的手机，点开方警官的消息："收到，非常感谢您的坚持，信息非常关键，天网恢恢。"

素问和余光刚把高卓扶上车,素问的手机便响了,是第一家文身店的店主打来的,素问按下免提,对方说道:"各位老大,我忽然想起来,我有他的电话号码。"

高卓再也按捺不住了:"他的手机号码吗?"

店主继续说道:"一个座机号,是这样的,那天他跟我聊完活动之后我又接到他一个电话,说告诉我一个生财之道,先从自己、亲戚、朋友、同事开始,甚至是许久不联系的小中高同学,一个人两千,一百个人就是二十万,他说只要是人就有效。当时我随手就把来电记在了鼠标垫上,想着后面有了业绩得找他结账啊。"

高卓迫切地问:"号码多少?"

店主报了号码,素问挂断便拨了出去。

良久,电话那端才有人接听:"打烊了,晚上正常营业。"说话的人极其不耐烦。

"请问,您是哪里?"素问耐心地问。

"你打来的电话你自己心里没数啊。"对方挂断了电话。素问又拨了过去,那边直接火冒三丈,"我看你脑子有大病,告诉你打烊了,打烊了,打烊了……"

余光说:"我检索了这个号码,是一家酒吧,叫寒露。"

高卓叹了口气:"应该就是在那里借用了电话,没什么价值。"

高卓甚至能想象得出那天的场景——戴帽子的凶手走进昏暗的寒露酒吧,坐在吧台上,点了一杯酒,抽了一支烟,他的目光落在了吧台的座机上,然后问酒保能不能借用一下电话,酒保点点头继续擦拭酒杯,凶手拿起电话,拨通了文身店的电话。

没人会注意到一个在酒吧里打电话的男人,更没人听清楚他说了什么。

素问和余光把高卓送回了病房,并被护士长臭骂了一顿。

走出医院,余光表示要送素问回去,素问拒绝了:"我一个人可以的,你回去休息吧,今天来回跑辛苦了。"

余光道:"不放心。"

素问道:"没什么不放心的,这大白天的,我还能走丢了不成?"

在素问的坚持下,余光妥协了,两人分别打了两辆车离开。

素问没有直接回到公寓,而是在公寓附近的一条小路上下了车,付完钱,走进一家叫谷雨小吃的早餐店。她和司正经常来这里吃早点,一份蔬菜鸡蛋卷,一碟小咸菜,一碗白粥,是她必点的。

这个时间正是忙碌的时候,店里几乎坐满了人,嘈杂得很。素问刚点完,便有一桌人离开了,她落座后盯着店里挂在墙壁上的电视机,发起了呆。她想起有那么一段时间老板总播放《猫和老鼠》的动画片,因为老两口有一个快要上小学的孙子——她和司正总是一边吃一边看一边傻笑。

忽然,一个男人坐在素问的斜对角,素问没有在意,毕竟早餐店的店面小,人又多,拼桌很正常。

男人穿着一件黑色的长袖衬衣,利落的平头,眼睛很大,牙齿很白,对素问笑着点了点头,以示礼貌。给人的感觉很安静。

素问也笑了一下,继续陷入自己的发呆中。

很快,素问的早餐被端了上来,同时,斜对角的男人的早餐也上齐了,跟素问点的一模一样。

素问没有多想,就跟很多人固定吃豆浆油条一样,没什么可多想的。

盯着平时必点的早餐，素问却一口没吃，没有司正在身边，周遭的一切都失去了色彩——一日三餐、话剧、商场、约会圣地。

素问结了账，离开店，朝着公寓的方向走去。

"你跟着我干什么？"

面对这样一个阳光大男孩，没人会有防备之心。

男人伸出手，是素问的手机。素问接过手机，连说了三声"谢谢"。

素问刚转身，拿出钥匙准备开门，男人便拿出白色的毛巾，从背后捂住了她的口鼻。

仅仅三秒，素问便瘫软在男人身上。

等素问醒来的时候，发现自己躺在河滩上——高以云的埋尸现场。

她爬起来，看到那个男人正微笑地看着自己，此时他已经脱了黑色长袖衬衣，右臂上的狩猎女神阿尔忒弥斯文身格外醒目。素问怎么也没有想到，连环杀人犯竟然长着这样一张安静、阳光、无害的脸。

"你很惊讶吗？"他的声音格外干净好听，兰银官话的口音并不明显。"为什么是惊讶？你应该感到害怕，害怕懂吗？"

"我不害怕。"素问用平静的语气说道。

"不害怕？你怎么可以不害怕？"男人冲上去，伸出有狩猎女神文身的右手掐住了她的脖子，"你必须害怕！"

素问喘不上来气，脸憋得通红，额头渗出豆大的汗珠，她倔强的眼神令男人崩溃。

"你的命掌握在我手里，我要你死，你就死，我要你活，你就活。"男人继续威胁道。

素问干脆闭上了眼睛，不回应，准确地说应该是直接无视。但实际上素问内心波澜起伏，她闭上眼睛是在用心记住他的长相，因为她要主动结束循环，然后在下一个循环里去公安局画像，将其绳之以法。

素问不怕接下来的死亡，一遍又一遍的循环，虽然带给她痛苦，但也带给她无所畏惧。

"大叔，凶手会被抓到，高以云会瞑目的。"素问在心底默默说道。

突然，这个男人哭了，他松开手，素问开始剧烈地咳嗽。

接着，男人又笑起来："你很特别，跟其他落在我手里的女人不一样，你知道吗？她们即将死去的时候，都哭成了泪人，梨花带雨，楚楚可怜，特别美。"

素问道："你喜欢女人哭？"

男人道："我享受女人哭。"

素问道："不，你是享受有人跪在地上抱着你的腿求饶，你这个杀人犯，变态，畜生，不，你在侮辱畜生。"

男人笑得更开心了："接着说，我喜欢听。"

素问恶狠狠地看着这个杀人凶手，缄默不语。他想听，她又不说了，让他心里憋了一口闷气。

"啊！"

男人在素问耳边吼了一嗓子，直接震得素问耳鸣。然后，男人拿出一把水果刀，在素问的脸上轻轻划了一道，如玉一般温润的血珠立即冒了出来。

"我没有在跟你开玩笑，也没有在跟你过家家，我很认真的。"男人手中的刀子向下游走，停在了素问白皙的脖颈上，"这里是动脉，听说割断的话会有血喷出来，像烟花，很漂亮。"

说不害怕是假的，那是一种本能。素问的心脏在狂跳，她咬着牙强装镇定："你想怎么杀死我？"

男人道："划破你的动脉，让血一点一点流干。"说着他在素问的脖子上比画了一下。

"我身上有止疼片，我可以拿一下吗？"

男人没让素问动，伸手从她的口袋里拿出一只白色小药瓶。

"我怕疼。"素问道。

"你吃几片？"男人问。

"全吃。"素问摊开手掌。

男人拧开药瓶，里面还剩下半瓶白色药片，全部倒在了素问手心。素问全部吞进了嘴里，艰难地咽下。

"你为什么杀人？"素问又问道。

男人笑了，这是第一次有被害者问他这个问题。

"你杀了几个女孩？"素问再次发问。

男人被她问蒙了，张了张嘴，又闭上了。

"我想自己选一种死法。"素问的手伸向水果刀，"刀给我，我自己来。"

男人忽然觉得很刺激，全身的血像沸腾了一样，向上翻涌。

素问拿过水果刀，刀尖儿对着自己的心脏位置："杀了那么多人，你害不害怕？"

男人看着眼前这个奇怪的女人，觉得很刺激，很兴奋。

"少杀一个吧。"素问把刀尖抵在胸口，"心脏受损，停止射血，你猜我几秒钟会停止呼吸？"

素问闭上眼睛，开始深呼吸，吸气、吐气、吸气、吐气，就

153

在第三次吸气的时候，素问直接把水果刀扎进了自己的心脏。

疼痛并不是人最根本的恐惧，只有不安才是。

男人满脸写着震惊，此时，他口干舌燥，全身发麻。

素问倒在了河滩上，被溅起的泥水污染。她只有一个信念——利落地结束这个循环，在下一个循环里将这个连环杀人案的凶手绳之以法！

安易正躺在床上睡觉，突然，他感到呼吸困难，胸闷异常，坐起来后，大口大口本能地呼吸着，虽然剧痛，但他的脸上却是带着笑容的，他知道，这个循环马上就结束了。

酒店里的季白已经醉得不省人事，她原本想和上次一样自杀，走出这次循环的困境，但是她发现酒有问题，她就连一根手指头都无法控制了。始终没有逃出黑崎打造的牢笼，无论是有形的，还是无形的。忽然，没有一丝力气的季白攥紧了拳头，那种熟悉的感觉来了。她笑了，终于可以"逃"出去了。

衢州市人民医院。高卓做了一个梦，梦到警察根据他们提供的线索锁定了犯罪嫌疑人，而他破天荒地参与了抓捕行动，虽然只是在外围，但能目睹凶手伏法，也算是了却了心中的执念。梦做到一半，高卓开始疼起来，他努力睁开眼睛，意识开始模糊了。他的嘴巴一张一合，在说：下一次，一定抓住你。

海润商场，保安休息室。余光把新领取的保安制服挂进柜子，坐在椅子上，拿起一旁的水杯，发现水已经喝没了，于是起身去接水。水接到一半，余光的眼前一花，杯子从手中脱落，谁又在提前结束循环？

余光心中生出不祥的预感，感到莫名的悲伤，他拿起手机拨出了素问的电话号码，通了之后被挂掉了。就在余光准备拨打第二遍的时候,素问打开了视频电话。

余光按下接通选项,手机屏幕里却出现了一张男人的脸。

"你是谁?"余光问道。

"不重要。"男人的脸一闪而过,接着画面变成了后置摄像头视角,"你是找她吗?"

画面中,素问躺在湿漉漉的河滩上,心脏位置插着一把水果刀,血色染满了上身。

余光感到呼吸越来越困难了,自责的情绪凶狠地奔袭而至。他崩溃了,在一次一次注定发生的火灾里他无法阻止,现在也无法救素问。

"都是我的错,如果我坚持送她回去就好了。"余光对着手机嘶吼着。

"你猜她几秒钟会停止呼吸?"男人的声音传来。

余光的意识涣散,重重摔在了地板上。

Part 3

第三部分

一　时间之前

夏日悠长，风过林梢。

城市永远是醒着的，即使在人们沉睡的时候。

素问从自己公寓的床上惊醒，全身冷汗。

她的思绪还沉浸在上一次的循环中，她很惊讶自己竟然可以那么泰然自若地面对一个连环杀人的凶手，更惊讶自己有勇气拿刀刺穿自己的心脏。素问想，如果再让自己来一次的话，一定做不到了。

"做噩梦了？你好多汗。"

熟悉又遥远的声音，刻在骨子里的声音，是素问拿着手机反复听了无数次的声音。

素问转过头，看到司正的脸，以为自己还在梦里没有醒过来。她用力掐了一下自己的腿，疼得她倒吸凉气。

"你在干什么？"司正问道。

"我想确认一下自己是在梦里还是在现实里。"素问看着司正的眼睛，熟悉的温柔，熟悉的灵魂，熟悉的一切。她热泪盈眶，终于，这一次的循环是在夏天开始，司正还没有不辞而别。

司正道："你怎么了？怎么一早醒来呆呆的，怪怪的，做的什么梦？梦里有我吗？"

素问依偎在司正的怀里:"梦里没有你,"

"那有点不公平,我做梦一定会梦到你。"

"明明是你不出现在我的梦里。"

"好,那怪我,我以后努力一点,争取让你经常梦到我。"

甜蜜不过几秒钟,素问忽然想起了什么,立即从司正怀里跑掉,下床开始穿衣服。

"今天周末,你有什么急事吗?"司正也跟着下了床,站在客厅看着素问仓促地收拾自己。

素问简单地洗漱完,套了一条半身碎花裙和一件纯色T恤:"我有特别紧要的事情需要出去一趟。"

"我陪你。"

"你在家等我,我很快回来。"

"你别忘了今天约好去秦观的新书签售会。"

素问努力回忆了一下,之前他们确实约好过,但日期不是今天,看来这一次的循环又发生了一些细微改变。

"没忘,秦观新作《困在笔下的人》上市,你最喜欢的作家。"素问踮起脚尖吻了一下司正的脸颊,"等我回来。"

她匆匆出了公寓,在楼下拦了一辆出租车赶往衡州市公安局长安分局。出租车奔驰上路后,素问拨打了高卓的电话。

良久听到了高卓低沉的声音:"喂。"

电话那头的高卓是被电话铃声吵醒的,他从床上坐起来,揉着还在隐隐作痛的头接通了电话。

"老高,我是素问。"

听筒里传出素问的声音。

新的循环刚刚开始便接到了素问的电话,高卓大概猜出了什么:"上一个循环是你出的事?"

"对,我被……"

素问的话还没有说完,听到高卓那边传来了一句清脆悦耳的声音,"老高,你见到我那本放在床头的漫画书了吗?"

素问微微一愣,她猜到了,是高卓的女儿——高以云。她想,此时此刻高卓一定泪流满面了。

"老高,一会儿回我电话。"说完,素问挂断了。

老高确实如素问猜的一样,眼泪悄无声息地流了下来。他匆匆擦掉,刚才模糊的眼前逐渐清晰,高以云插着腰站在门口。

"老高,说了好几遍了,你别动我东西,别动我东西。"高以云走近高卓,继续说道,"你别以为不说话就能蒙混过去,跟你讲,一杯奶茶哄不好。"

"两杯。"

"老高,你过分了啊,我跟你讲了几遍?我要减肥的,你这样的话是纵容,说好了做一个合格的父亲的,你对我发过誓,这么快就忘了?果然我妈说的没错,男人的话不能信,尤其是长得帅还有钱的男人。"

高卓就杵在那里听着女儿唠叨,心里温暖而平静:"三杯,外加额外两个月零用钱。"

高以云叹了口气:"成交,洗脸吃饭吧。"

高卓下床:"你妈做好饭了?"

高以云一怔,伸手摸了摸高卓的额头:"你糊涂了?你们都离婚多少年了,饭是我做的,我叫了你三遍没叫醒你。"

"吃饭。"高卓转身进了卫生间,用清水洗了把脸,然后看着镜子里的自己,胡子拉碴,颓废极了。他很感谢这一次循环能比之前的时间线要往前一些，虽然前面几次循环中也有这样的时刻，那次他奋力去阻拦女儿，没能成功，这次，他仍旧要试一次，用百分之二百，百分之三百，百分之四百的力气。

要不惜一切。

"老高，你好了吗？怎么比女孩还磨蹭。"高以云已经坐在了餐桌前，她扯着嗓子喊道。

高卓从卫生间出来，坐在女儿对面，看着眼前如梦幻般的一切，真的希望就永远停留在这一刻。

可现实始终是残酷的，夏天的循环已经算是一个梦了，还奢求什么呢？

只有珍惜当下，无论是在现实里还是在循环之中。

高以云把一颗煮鸡蛋推到高卓面前："吃吧。"除此之外，没有任何东西。

高卓心满意足地剥着鸡蛋，刚剥开一个缺口，鸡蛋黄流了满手。

"没煮熟。"高以云把自己那颗推到高卓面前，"这颗没准儿是熟的。"

高卓忽然想起素问的来电，于是起身从书架上拿起钱包，抽出两百块放在餐桌上："你到外面吃，我出去办点事儿。"手刚离开钱，忽然又把钱收了起来，他不可以掉以轻心，毕竟每一次的循环都会发生时间线上以及蝴蝶效应般的改变，所以，不可以让高以云离开自己的视线，或者必须让她处于一个绝对安全的地方。

"老高，钱放下了怎么还拿回去呢，我减肥归减肥，让你闺女饿肚子就有点残忍了吧。"高以云一副委屈的模样，"一百也行，五十我也接受。"

高卓直接把钱包塞到高以云手里:"咱俩打个赌,我回来之前你老老实实在家待着,不许出门,不许点外卖,也就是说不允许有陌生人进家里,如果你做到了,里面的钱都归你。"

"说话算话?"

"爸爸什么时候说话不算话了。"

"老高,你太高估自己了,你答应过接我多少次了,有几次接成的啊,不是加班就是加班,就像我不是亲生的似的。"高以云拿出一张纸,"签字画押。"

高卓老老实实写好赌约,签上字,高以云满意地把他钱包里的现金都抽了出来:"我先数数,你忙去吧。"

高卓不舍地出了门,站在门口思索了片刻,还是把防盗门从外面锁上了。

两分钟后,高卓开着车缓缓驶出地下车库,然后拨通了素问的电话:"你刚才要说什么?"

电话里,素问说道:"我说,凶手把我带到了河滩,我看见了他的脸。"

高卓猛踩下刹车,不敢相信自己听到的:"你……"

"对,我现在已经到分局门口了,等你。"

高卓挂了电话,握方向盘的手都在颤抖,终于,终于找到他了!

"畜生!这次你跑不掉了!"高卓重新发动汽车,来到大路上,向着分局的方向快速驶去。

二十二分钟后,高卓抵达衡州市公安局长安分局门口。

看到高卓远远走来,素问立刻迎了上去:"虽然我们失去了语音样本，但是凶手的特征我们还记得，再加上画像，相信很快就能把这个连环凶手抓捕归案。"

高卓点点头："必须抓到他。"

素问又问道："你女儿怎么样？"

高卓道："她很好，在家里，你呢？你男朋友……司正，对吧？"

素问点点头："不知道他什么时候再次不辞而别，我得搞清楚他有什么难言之隐，他消失是在逃避什么。"

高卓道："任何事情都是有原因的，即使他不告诉你，某一天你也会知道答案，而且还会知道这个答案早一点知道自己是无法承受的。"

素问道："我也是死过一次的人了，没什么不能承受的。"

说着，两人进了分局，说有一些关于连环杀人案的线索要提供给警方。负责这起连环凶杀案的方警官接待了他们，高卓和素问开门见山，直接提供有效证据。当听到素问说见过凶手的样子的时候，整个分局都沸腾了。模拟画像专家也随之赶来了方警官的办公室。

"寸头，浓眉大眼，鼻子挺立，没有这么挺，嘴巴再大一点，右边眉毛末端有一颗痣……"

素问叙述着凶手长相的同时，高卓向方警官汇报了所掌握的情况——男，三十岁左右，一米六八到一米七之间，皮肤黝黑，右臂有希腊女神文身，说兰银官话，应该是景泰县人或者该县附近的人。

很快画像出来了，素问点点头，说道："就是他！眼睛和鼻子画得太神了！"

当场定稿，随后干警把画有模拟像的通缉令分发了下去。

方警官对高卓和素问再三表示感谢，客套完之后方警官无不好奇地问道："你们是怎么知道这些的？"

高卓和素问互相看了一眼，这件事根本就解释不清楚，一旦遇到解释不清楚的事情，最有效的办法就是撒谎。

撒谎，是一块华丽的盾牌，抵挡万箭穿心。

素问道："我是受害者，从那个恶魔手里逃出来是我的造化。"

方警官道："请放心，不会再有人被害了。"

从分局出来后，高卓先把素问送回了公寓，然后立即驱车回家，不敢耽误一秒。

余光从单身公寓醒过来的第一件事，就是拨打素问的手机，确认她现在没事，并得知刚才跟高卓一起去分局画了凶手的模拟画像之后终于松了一口气。

"时间线提前了。"素问在电话里说道。

"提前？"余光一时还没有反应过来。

"老高的女儿还没有出事，司正也还没有不辞而别。"

"这么说……"余光内心忽然期待起什么了，"我们都还有机会。"

"余光，其实我们是幸运的，有了一次又一次机会，很多人，机会只有一次，或者都没有机会去弥补，没有机会去挽回，没有机会去珍惜。"

余光刚要说些什么，听到电话那边传来一个声音："在跟谁讲电话？"他想，应该就是司正了吧。

电话里，素问解释道："一个朋友，新认识的朋友。"

余光挂了电话，冲了个凉，从衣柜里拿出笔挺的工装换上，把写着经理的工牌别在左胸口袋位置。

  然后,他在墙上挂着的自制日历表上写有循环开始的位置用笔打了一个钩。

二　曾经

"起床。"

黑崎拍了一下床上正在熟睡的女人。

季白惊醒,从床上坐起来,看到黑崎正在微笑的脸庞,心中一惊。

她跳下床,冲进洗手间,感到胃里一阵翻涌,跪在马桶前吐了出来。

"你昨晚喝多了,"黑崎在门外说道,"是你打电话给我,我半夜从酒吧里把你带回来的。"

季白的心脏在突突跳着,没有理会他,她扶着马桶起身,看着镜子里的自己——精致的妆,除了口红有些花,其他部分的肤蜡填充还是完好的——黑崎昨晚应该没有发现什么。

这么说,自己脸上的"秘密"还没有被发现。

从卫生间出来,黑崎关切地问道:"头还疼吗?"

季白扶着太阳穴:"疼。"

"天知道你昨晚喝了多少。"说着,黑崎走到餐厅,拉开冰箱门,拿出鲜榨的橙汁倒了一杯,"过来喝,解酒。"

季白拖着疲惫酸胀的身体坐到餐桌前,黑崎把橙汁放到她的面前。

与此同时，一纸合约也落在了季白眼前。

"这是什么？"季白问道。

"咱俩在你直播间的赌约。"

"赌约？"

"怎么，喝多了不认账？"

季白拿起合同，上面清楚地写着，当黑崎在直播间打赏金额超过八位数的时候，季白则完全属于黑崎所有，期限三年。

"你是没有注意到自己的账户转账记录还是故意装断片？"黑崎直接把笔递给了她，步步紧逼。

季白道："我可以把钱退还给你，并且额外再进行补偿。"

黑崎道："补偿？只有你的人能补偿我，补偿我残缺不堪的心灵。"

季白看着眼前这个英俊的男人，想起三年前遇见他的时候自己还是一只丑小鸭。当时是在一家整形医院的门口，季白站在海报橱窗前，一直盯着那两张整容前后的对比照片。忽然，从里面走出来一个英俊高大的男人，季白抬头看他一眼，继续盯着橱窗里的海报。

男人走到素问面前："刚才我进去的时候你也是只看了我一眼。"

季白没有理他，男人又说道："我叫黑崎，你呢？"

"季白。"

"原来不是哑巴。"

季白没有回应。

"你知道吗？没有哪一个女人的目光在我身上停留的时间少于五秒钟，就算不是被我的外貌吸引，至少也会被我戴的表、开的车吸引。"

"哦。"季白看着海报里的漂亮女人,觉得不可思议,真的有这样的人造美人技术吗?

"她漂亮吗?"黑崎指着海报问道。

"漂亮。"季白如实回答。

"你是不是想成为她?"

"我就是我自己,不是任何人,但我想变漂亮。"

"有多想?"

"从我三岁开始意识到美和丑起。"

"季白,你知道吗?我从你的眼神里看到了两个字。"

"渴望?"

"不,是贪婪。"黑崎顿了顿,又说道,"对美貌的贪婪。"

季白竟然点了点头:"是的,贪婪。像你们这种从小美到大的人,无法理解我这种人的。"

"我理解。"

"就因为我只看你一眼?"

"不,因为你眼里的贪婪。"

季白冷笑了两声。

黑崎进一步说道:"你知道刚才我为什么会进入一家专门做女性整容的医院吗?"

"为什么?"

"因为我是去谈收购的。"

"收购?"

"对,我收购这家医院,也就是说,现在这里我说了算。"

"跟我有什么关系?"

"我资助你变美,无偿。"

"就因为贪婪?"

"对,因为贪婪,跟我一样贪婪。"

黑崎前前后后用了两年半的时间把季白变成了人造美女,几乎相当于换脸了。后又不惜重金铺路让其踏入直播行业,其中相当一部分钱用于买断季白曾经的那些"丑照",做到完全没有"黑料",以确保她之后的路好走一些。而黑崎则成了季白的头号粉丝,因为她现在美得令人心碎,还因为他满意自己的杰作。

后来黑崎出过一次严重的交通事故,记忆受损,忘记很多事情,其中就包括他与季白三年前的这场"缘分"。

然后季白借此机会,从他身边离开,却没有想到,某一天他突然出现在她的直播间里,长达半年占据榜一位置。

如果让黑崎知道曾经的"真相",以及后来季白仍不满意人人口中的美而偷偷跑去过度整容,最后把脸整烂了,那么他一定会恨她。

思前想后,季白拿起笔,签了那份合约。毕竟从某种角度上讲,季白是欠他的,因为这张盛世美颜是他给的。

"把果汁喝了。"黑崎满意地收起合约,"我公司还有事情,你以后住这里,三年后,它也是你的。"

"我是不是就是你们男人养的金丝雀?"

"不,你不是金丝雀,你是独一无二的,你是鲜活的人。"

黑崎俯身亲吻她的额头,然后转身离开了。

季白喝完杯子里的橙汁,便听到自己的手机在响,她回到卧室,在床头柜上找到了自己的手机,而来电已经挂断了。

是助理打来的,季白刚要拨回去,助理又打了过来:"姑奶奶,你终于接电话了,急死人了。"

"怎么了?"

"下午你在海润商场有个商业活动,出场费都收完了,你得盛装出席,时间不多了,你在哪儿,我去找你走流程。"

"哪个商场,我自己过去。"

"海润。"

"好,我知道了。"挂断了电话季白觉得这家商场有些耳熟,但并没有往心里去,毕竟商场对于女人来说,没有耳熟,只有烂熟。

季白走进卫生间,开始在浴缸里放热水,她准备泡个澡再出发。

寒露酒吧。

安易从卡座上醒来,已经是上午十点钟了。

白天的酒吧是不营业的,但是昨晚安易喝高了,直接昏睡过去了,中间侍者前来叫醒,告知安易已经打烊了。

烦躁的安易直接扫了一万块,说包下打烊时间,然后继续倒头睡去。

从凌晨两点钟到现在,他已经睡了足足八个小时了,他靠在沙发上,口干舌燥,于是抓起桌上昨晚剩下的酒又灌了两口。

他活动了脖颈,看了一眼吧台墙上的表。从拿酒到看表,能看得见,而且一点都不模糊!

安易直接跳了起来,大喊着:"我的眼睛没事!我的眼睛没事!"

酒吧里空无一人,安易兴奋地绕场跑了一周,然后自己打开音乐,在舞池里跳了起来。

第三部分：二 曾经

一首电子音乐结束后，安易躺在舞池中央，大口喘着气。

太棒了，在这次的循环里他还没有失明！

在失明之前，还能做很多很多事！

如今，安易其实已经接受失明这件事本身了，只是还不能完全接受的是永无止境的黑暗。

他从小怕黑——父母不是在国内忙生意就是在国外忙生意，基本不在家，安易从一岁半开始就由育婴师带着。渐渐地，安易长到三岁、五岁、七岁……上了初中，别人都羡慕他是一个富二代，只有他觉得自己是一条可怜虫。

初一那年第一个夏天，他在爸爸的书房里玩，或许是密码锁出了问题，门反锁上了，打不开。安易就这么被困在了书房里，正值雨季，电闪雷鸣，又因为线路问题，家里停了电。他就在这样黑暗的环境里待了七天之久，幸好爸爸的书房里有一台小冰箱，里面放着不少点心和水。不然的话，一个星期来打扫一次的阿姨发现的恐怕就是一具尸体了。

从那时候开始，安易恐惧黑暗。

安易起身，换掉了电子音乐，平静下来后耳朵还是嗡嗡的，他的记忆有些混乱，明明是刚才醒来之后进入的新的循环，为什么脑海里还残存着昨晚的一些模糊的记忆。

难道是喝高了，直接断片了？其实新一轮的循环从凌晨就开始了。

歌声响起，安易陷入了昨晚似梦似幻的记忆——

安易正在酒吧卡座里喝得不亦乐乎，多巴胺随着音浪起起伏伏，左边三个漂亮女孩，右边两个漂亮女孩，不停地劝酒。桌面上摆满了酒，一半是空的，一半还没有打开。很明显，这些女孩

171

是酒吧里卖酒的，看来今晚她们的提成应该不少。

戴着墨镜和渔夫帽的季白推开酒吧的门，在闪耀的灯光下努力寻找着安易的身影。穿过拥挤的人群和嘈杂的声音，季白走过一个个卡座。

终于，在第十三个卡座发现了歪歪斜斜半躺在沙发上的安易。旁边的漂亮女孩们还在不停地倒酒、开酒。

"你们都走开。"季白站得笔直，好身材尽显，虽然完全看不清脸，但只要不瞎的都知道这是一位美女。

女孩们以为是正主来了，小跑着离开了。

"别走啊，还能喝。"安易抬了抬手想要抓住什么，但什么也没有抓住。

季白端起一杯酒，直接泼在了安易脸上。安易从沙发上弹起来："你有病啊。"

"酒醒了吗？"

"我不乐意醒着。"

"你每天这么喝酒，酩酊大醉，不省人事，想做什么？你要死在这里吗？"季白所说的每天指的是每一次循环。

"死在这里有什么不好？然后重新开始，重新享受，重新死去，再来一遍。"安易的头很疼，酒精的作用开始凸显了，尤其是胃里混合了各种类型的酒，像灼热的火焰，几乎要把胃烧穿了。

"失明不是你逃避的理由，这个夏天的循环更不是逃避的温床。"

"我就这样了，看不惯你可以走啊。"

"你还是不是个男人？"

"随你怎么想，这样我舒服。"

季白气结，她深呼吸了几口，坐到他身边："安易，大学到现在，从暗恋到明示，我喜欢了你七年，你这个样子我很难过，因为我知道，下一个七年，我还喜欢你。"想到暗恋季白就一脸悲伤，所以，她只敢偶尔想起。

"没准哪天我就瞎了，或许明天，或许后天，或许五秒钟之后，你不要喜欢一个盲人，是个累赘啊，你明白吗？"

"我不明白，也不这样认为。"

"而且，我脾气还不好，情绪总出问题，反反复复，你跟我在一起备受折磨，何苦呢？"

"我认了。"

"你脑子有病，女人的脑子都有病。"安易发泄着，继续灌自己酒。季白则一把抢过他手里的酒："好，我陪你喝，今天如果你喝死了这次循环也就不用失明了，咱们下个循环接着喝。"

安易拿起另外一瓶跟季白碰了一下杯："做人嘛，开心最重要，不开心也无所谓。"

几轮过后，季白也醉了，安易更加不清醒了，他抱着季白边哭边含糊不清地说着："对不起、对不起、对不起……"

季白明白，从小生活优渥的他，对于生活的苦难是毫无防备的。他甚至不知道生活的苦难长什么样子，当见到之后本能地后退，甚至逃跑。好像，只要跑得足够快，就可以摆脱似的。

很多人都不知道，生活的苦永远不是迎面撞上或者在身后穷追不舍的，而是共生。

没人可以全身而退。

很快，安易喝得醉生梦死，烂醉不醒。他唯一清晰的感觉便是躺在季白温柔的怀里，逐渐睡去。

至于季白什么时候离开的，安易完全不知道。

……

安易从回忆里抽身出来，关掉音乐，他给季白打了一个电话，但是季白没有接。他再次看了一眼电话号码备注的季白的名字叫伊芙，这是白月季的一个品种，更确切的名字叫伊芙·婚礼之路。

收起手机，安易转身离开了酒吧。

季白到了海润商场才想起了为什么这个名字这么熟悉。她想起来了，在前面循环中，也就是以这次新的循环为起点往前数三次那次，她做了一件错事——

那天季白欺骗大众的"假面"秘密被曝光出来，遭遇到了全网的声讨与语言暴力。迫于压力和巨额损失，季白发布了"退圈声明"。发布完的那一刻季白立即关掉了电脑和手机，她不想再收到或者再看到任何消息了，哪怕是推送过来的天气预报。

季白出了门，打车到就近的商场报复性消费。这个商场就是海润。

季白的穿着很奇怪，在炎炎夏季里，穿着长袖长裤，戴着墨镜口罩，围着围巾，还顶着一顶大檐遮阳帽。

身为经理的余光注意到了这个奇怪的女人，他跟在季白身后，保持着一定距离。就在余光觉得没问题准备撤的时候，季白发现了他，忽然转过身质问余光："为什么跟着我？"

余光开始解释："我……我是这家商场的经理，是一场误会。"

"我问的是你为什么跟着我，没有问你是谁。再说了，经理就可以尾随顾客吗？"

"我没有尾随，您别生气，很抱歉影响您购物，我现在就离开，事实上，我刚才已经准备离开了。"

"所以，你承认刚才尾随了。"

"我……"

余光百口莫辩，他只好转身离开了。

季白直接来到投诉处，声称商场经理刚才尾随自己并摸了自己。

当然，季白在撒谎，是在赤裸裸地污蔑余光。但季白还是故意为之了，她想要报复，那就从"撞到枪口"上的人开始吧。

负责受理投诉的老万用对讲机把余光喊了过来。季白一口咬定他摸了自己，余光嘴巴笨，解释了半天越解释越苍白。这件事便无中生有了。

余光早就听闻女人本身就是真理的存在，她指着白色说黑色那就是黑色，指着绿色说红色那就是红色。他以为还是男人们的夸张，现在算是见识到了。不仅见识到了，而且以后要把男人总结出来的"女人即真理"这条准则视为真理。

"你能把墨镜和帽子摘下来吗？就算是我认，让我认个明白。"余光道。

季白恼羞成怒，直接耍毛了："要么你们自己内部处理，要么我报警，你们看着办。"

余光摇摇头，心说，算了，这些事都不重要，至少对自己来说不重要。

最终，余光被除去经理一职，降为保安。

季白满意地离开投诉办公室，心情好了不少，然后到一楼开始血洗奢侈品，短短四十分钟，刷爆了三张卡，买下来的东西得用车推。

"找一个保安帮我送到地下车库。"季白对一家奢侈品的店员说道。

"好的,没问题,我这就去沟通一下,您稍等。"店员满口答应,毕竟这是一条大鱼,以后打几个电话发几个信息,联系着感情,一轮又一轮的复购不成问题。

"我要那个叫余光的保安送货。"季白看到了他的工牌,上面有名字。

店员微笑着说道:"不好意思小姐,余光是我们商场的经理。"

季白道:"没错,就是他,他现在已经是保安了。"

店员一脸惊讶地去请余光,季白则到二楼上卫生间。卫生间很深,要拐上两个弯,季白看到一个满脸苦丧的女人正在窗口抽着烟,应该是有什么烦心事。季白太明白这个表情了,因为没有人比她更丧了。

从卫生间出来,那个抽烟的女人刚好抽完,把烟蒂随手弹走,潇洒地转身离去。而烟蒂被弹到了窗帘下方,片刻,从最底端升起一缕若隐若现的烟雾。

季白并没有理会,而是冷漠地下楼了,她巴不得世界都毁灭才好。

季白直接来到地下停车场,余光推着堆满奢侈品的购物车已经等在车边了。

"放进后备箱。"季白打开Levante的后备箱说道。

余光把奢侈品一件一件摆放整齐,一言不发。

季白被他的"隐忍"震惊了,于是拿出厚厚一沓钱来:"小费。"其实是她对余光的补偿,毕竟毫无来由地把对方从经理"污蔑"成了保安。她现在心中的闷气也暂时消了,恢复了一些理智。

其实补偿是次要的，根本还是季白为了自己图个心安理得。

余光把钱推了回去："我不需要，我想你的心情一定很糟糕，如果你污蔑我心里能好受一点的话，我也挺乐意帮这个忙的。你不必往心里去，经理或者保安对我来说没有区别，我在乎的不是职位，也不是钱。"

"你在乎什么？"

"事实上我也不知道，或许是弥补一些过失吧。"余光把所有的奢侈品都搬上了车，"我还有工作，一路顺风。"

说完余光推着车往商场通道走去，季白怔了几秒钟，驱车离开，等她驶离商场几条街开外才想起来，忘记告诉余光失火隐患。

季白不知道的是，当时安易也在海润商场，而且就在有失火隐患的那层楼给季白挑礼物。

半个小时后，海润商场失火上了当地的新闻头条。

三　命运的齿轮

海润商场。

余光刚进到办公室,水还没来得及倒,老方就进来了。

"听说下午公共空间有一活动,大网红要来。"老方凑到余光身边,"余经理,你安排我在现场呗,我是季白的粉丝。"

"季白是谁?"余光边倒热水边问道。

"我去,老余,你手机是2G的吗?女主播季白你不知道?"

"不关心。"

"你是不是有什么难言之隐的病?"老方忽然压低了声音。

"什么意思?"

"你不找女朋友,生活还极度自律,对网上的美女也不感兴趣,我寻思着,你多少有点毛病。我跟你讲,我认识一个男科大夫,我朋友就是在那儿治的,据说效果很好。"

"你朋友?"

"你别误会,不是我,真是我朋友。"

余光懒得跟他纠缠,说道:"下午你过去吧,别光看美女,盯着点现场,别出问题。"

"老余,好兄弟。"老方满是褶子的脸上堆满了笑,正准备要走,忽然想起什么"嘖"了一声。

"怎么了?"余光问道。

老方紧皱眉头,若有所思地说道:"老余,你总是一副无欲无求、不争不抢、不骄不躁、不卑不亢的模样,我好奇的是,你真的表里如一吗?"

余光倒是没有觉得反感,问道:"老方,你瞄我的位置多久了?老实说,毕竟咱俩这么多年同事了。"

老方点点头:"三年多了。"

"好,你也算跟我说了一句实话,既然你这么喜欢,我让给你,你来做这个经理,总经理来了之后我亲自跟他谈。"

"认真的?"

"认真的。"

余光拿着水杯出了办公室,准备逐层去检查消防。

老方站在经理办公室门口,确认余光走远后,把门关上,然后坐在老板椅上,把椅背放倒,一脸享受。

突然,老方坐直身子,拿出手机发了一条语音出去:"火先别放,老余竟然主动把经理位置让给我了……"

余光一直检查到顶楼,正好遇见小陈从电影院出来。小陈看到余光,迎了上去:"余哥,电影院我认真检查过了。"

余光点了点头:"去休息一会儿吧。"

就在此时,一个走路带风的女人经过余光和小陈,她的身后跟着很多工作人员。虽然她戴着大号墨镜,但仅从唇齿判断就知道是一个漂亮女人。

小陈在余光耳边小声道:"这就是季白,比直播里还好看,皮肤真白。"

季白与余光擦肩而过的时候,侧眼看了他几眼,经过余光之后又微微回过头三次。

"余经理,季白在看我,她在看我,你告诉我不是我的幻觉。"

"你追上去问问不就知道了。"

"我我……"

小陈顿时结巴了。

尽管人们的目光,尤其是男人的目光都停留在了季白身上,余光却没有那个心思。除了余光还有一个人的注意力没有在季白身上——旁边扒着栏杆眺望楼下的六七岁大小的男孩。

而余光全部的注意力放在了那个孩子的身上,因为他的周围没有大人,这样扒着栏杆玩是很危险的行为。就在余光打算过去询问男孩父母的时候,男孩重心不稳,整个人头重脚轻地翻出了栏杆。

余光做出最快的反应,直接扑了过去,抓住了男孩的手,但是男孩下坠的速度使重力变得很大,把余光也拽了下去。

等人们反应过来的时候两个人已经摔了下去。

尖叫声四起,人们纷纷跑到栏杆处围观。

幸运的是,余光左手抓住了商场挂着的广告条幅海报,右手抓着男孩。男孩的哭声回荡在整个商场。

"报警,我坚持不了多久。"余光一边死死抓着条幅海报一边咬着牙喊道。他们悬挂在五楼和四楼中间的位置,脚下四层楼的高度,如果余光体力不支,摔下去的话,就算能保住命,这辈子也就交待在床上了。

小陈拨打了110,旁边的热心顾客打了119。

仅仅过去十几秒,余光已经大汗淋漓了。因为海报条幅的材质过于光滑,很难使上劲儿,而且现在全身包括手心已经开始出汗了……按照这个情况,余光根本坚持不到救援赶来。

他心里很清楚。

所有人都表现得很焦急,但没有一个能想到办法。

"请大家去家具店搬床垫、被子、枕头,所有软的东西。"

一个悦耳的声音响起,大家抬头看去,是季白站在五楼的观景台大声喊着,她摘下墨镜又重复了一遍:"大家去家具店搬所有软的东西,床垫、被子、枕头、毯子,什么都行!"

一秒钟后,大部分人动了起来,在生命需要救助以及网络女神的请求下,效率出奇地高,很快一楼就铺满了床垫和被子。

"孩子,别怕,下面很厚,你不会有事,相信我。"余光的气息很弱。

男孩点了点头。余光接着说道:"你要保持身体平衡,我松手之后,你立即抱住头,不让头受伤,明白吗?"

"明白。"男孩带着惊恐和哭腔回答道。

余光本想靠他的左手慢慢滑到条幅海报的最底端,这样可以降低一些高度,但是他的左手已经没有知觉了,担心失误两个人都摔下去,自己砸到孩子,最终还是放弃了,准备直接松手。

"我数三个数,你做好心理准备。"余光道。

"好。"男孩眼眶里的眼泪一直都没有散去。

"三、二、一……"

余光松开抓着男孩的右手,男孩掉了下去,砸在厚厚软软的床垫上,小陈带人赶紧把孩子抱走了。孩子一离开床垫,余光松开了左手,向下坠落。

落到垫子上的那一刻,他昏了过去,不是因为受伤,而是因为他早已体力不支,靠着顽强的意念在苦苦支撑。

不久，警察和救护车赶到，医护人员对孩子和余光做了检查，没什么大碍。警察对孩子的父母进行了严肃的批评教育。

余光的身体素质很好，没有大碍，补充了点葡萄糖就醒过来了，然后小陈扶着余光去经理办公室休息。

"喝点茶吗？"小陈拿起茶叶罐。

余光摆摆手："白水。"

话音刚落，突然响起一阵敲门声，小陈去开门，拉开门的那一刹那他整个人都傻了，结巴着说道："季季……"

"季白。"门外的女人说道，"我找余光。"

小陈赶紧让路。季白又道："我找他谈一些事情……"

话未说完，小陈懂事地来到门外："你们聊，你们聊。"说着关上了门。

余光很诧异她为什么来找自己："随便坐。"

季白坐在沙发上，摘掉墨镜，开门见山地说道："我是来谢谢你的。"

余光更加不解："谢我什么？"

季白道："谢你救了那个孩子。"她更想借这件事情为之前的事情道谢。

余光道："为什么？你是孩子妈妈？"

"不是，我生不了孩子的。"之前季白过度减肥，导致了内分泌严重紊乱，影响了卵巢功能，到各大医院诊断，都是一样的结果——不孕。

"抱歉。"

"我自己的问题，是我自己要好身材和美貌，理应承担这样的后果，为自己的选择埋单。"

"我们萍水相逢,为什么跟我讲这么多?"

"我也不知道,投缘吧。"季白站起来,"我该走了,对了,我想邀请你参加下午的活动。"

"为什么?"

"我觉得你是城市里平凡的英雄,这样的人不多了。"

"我可以拒绝吗?"

"当然,你考虑一下,不用急着答复我,下午再联系。"季白戴上墨镜,优雅地转身离开。

"等一下。"余光忽然叫住了她,因为刚才她的体态和用墨镜遮住、裸露出小部分的脸很熟悉。

季白停下脚步:"这么快就作出决定了?我觉得你可以再给自己一些时间。"

余光扶着沙发站起来,向前走了两步,伸出手挡在她的口鼻前,心中肯定了那个答案,是她,之前的循环里污蔑自己的那个女人,原来世界真的好小。

余光道:"我再给自己一些时间。"他认出了她,但选择了沉默,生而为人,已经很累了,没必要抓住以前的事情不放吧。

两人都选择了不说,都错过了知道彼此都是困在这个夏日循环里的人的机会。但是又有什么关系,命运齿轮旋转,根本不是齿轮说了算。就像希斯·L.巴克马斯特所说,长大并不是让你成为一个新的人,而是成为一个你注定要成为的人——并且其实你一直都已经是那个人了。

所以,命运已是命运本身,齿轮的轨迹,无论从哪个方向开始,最终都会在原点相遇。

季白点点头,整理一下滑落的一绺秀发,走出了办公室。

余光刚躺在沙发上休息，电话便响了，衡州市电视台记者打来的，想约一个专访。余光觉得莫名其妙，拒绝了，但是电话开始响起来就没完没了，不是电视台就是报纸，要么就是其他媒体，接完一个还有一个，刚拒绝了这家，又有电话见缝插针地进来。

他的电话被打爆了，索性直接关机了。

刚闭上眼睛，准备休息一下，办公室的门又被推开。余光无奈地叹了口气，坐起来才发现是商场大老板。

"没打扰你休息吧？"老板笑眯眯地问。

余光站起来："没有。"

"坐，你可是咱们商场的英雄。"老板坐到余光身旁，"你好好休息，晚一点接受一下媒体的采访，相关部门有意把你树立成城市英雄。"

余光连忙摆手拒绝："老板，你是知道我的，我……"

老板打断道："我知道，我明白，你就算帮帮哥，哥这家商场不容易，经营状况你是了解的，你救商场，算是救哥一命了。如果商场倒了，这百十来号员工都得喝西北风去。有的同事供房贷供车贷，有的同事孩子刚开始上大学。工程部老刘，刚得一大胖小子，老来得子，难啊，还有市场部……"

"老板。"余光揉了揉眼睛，"下午季白不是在商场有个活动吗，我会参加，到时候媒体想问什么一起问吧，省事儿。"

老板拍着余光的肩膀："懂事儿，懂事儿，哥靠你了。"接着又嘱咐了余光几遍要好好休息后才离开了。

余光叹了口气，商场现在被冲击得确实厉害，尤其是那火灾之后，更是雪上加霜，夏天结束前夕就宣布经营不善倒闭了。

……

高卓回到家后高以云正坐在餐桌前，右手托着下巴发呆。

"你干什么呢？"高卓把钥匙放在鞋柜上，一边换拖鞋一边问道。

"饿啊。"高以云一脸委屈地看着高卓，"早餐就一个鸡蛋，你出去那么久，还不允许我出门，我只能喝水挨饿了。"

高卓把穿到脚上的拖鞋踢掉，重新穿上休闲皮鞋："走吧，带你出去吃好吃的。"

高以云道："不仅吃好吃的，还得给我买礼物。"

高卓道："当然。"

从高卓和妻子宋盈协议离婚的那天起，为了弥补高以云受伤的心灵，在高以云的倡议下，三人就约定好，每个月的第二个星期日，是她的礼物日，也就是说高卓和宋盈都要准备一份礼物给高以云。

高卓送给过高以云很多惊喜。迪士尼公主的裙子、跳舞毯、游戏机、出去旅行的车票，邀请她的同学们来家里开狂欢派对，等等。

宋盈也在礼物上花费了不少心思，所以，高以云觉得挺无所谓的，至少在她的眼中，他们这个家庭还是充满爱的。

高卓牵着女儿的手出了小区。天空很蓝，云层很厚，灼热的太阳还是烧透了厚重的云层，炙烤着大地，九点多钟就已经很热了。

他们穿过了一片人声鼎沸的菜市场，又过了一排老旧待拆房后，突然高以云停下了脚步。

她面前的铁栅栏是蓝白相间的颜色，墙上画着翱翔在天上的白鸽和潜在海底的各种鱼，浅水鱼、深水鱼与大白鲸、鲨鱼都在墙上，丝毫不在乎符不符合自然界的规律，幼儿园的小朋友们也不在乎。

幼儿园院子里的小朋友们做好了热身准备，老师放着欢快的音乐，小朋友们的小胳膊小手动了起来，动得五花八门，每个小朋友跳的都不一样。

高卓想要问高以云为什么要看小朋友跳舞的时候，他看到了熟悉的身影。

白色宝马车上走下来的是他的前妻宋盈，她穿着白色的丝绸衬衫，黑色的一字裙，配着一双黑色的高跟鞋，手里拿着一个粉色的袋子，里面装着给高以云的礼物。

高以云没有接礼物，她指着正在跳舞的小朋友说："你们看，那个小朋友快跳睡着了。"

宋盈应了声："是。"

高以云问："我小时候上幼儿园也这样吗？每天都很困？"

宋盈笑着说："你从小睡眠少，过分活泼，不困，累人。"

高卓站在不远处，他听得到高以云和宋盈的对话，他主动走过去，对宋盈说道："小云还饿着呢，一起去吃点东西？"

高以云喜出望外，她看向了高卓，又期待地看着宋盈。

宋盈低头看了看表，她说："走吧，前面就有个咖啡馆，吃点简餐。"

高以云立刻高呼："简餐好，简餐简单又好吃，我今天就想吃简餐。"然后她走在中间，挽上了高卓和宋盈的胳膊。

高卓低头看了高以云一眼，不用猜就知道是她把宋盈约来的。

到了咖啡馆内，刚坐下，高卓的脸上挂着笑容。

高以云看着宋盈再看看高卓，她说："爸妈，你们两个先聊着,我同学给我打电话了。"

高以云偷偷溜走了。

高卓与宋盈坐在咖啡馆内,四目相对,却相互无言。

高卓知道高以云故意撮合他们,但是他也知道他和宋盈已经不可能了。

来咖啡馆,只是不愿意给满腔热血的女儿泼冷水。

"你最近过得好吗?"终究是高卓先开的口。

"还行,你呢?"宋盈顺着话问道。

"我老样子,公司忙。"

"小云呢?"

"她很好,她很好。"高卓说这句话的时候,内心已经崩溃到哭了,他想起抱着女儿尸体时候的感觉,在这个夏天里,冰冷彻骨。

"你怎么了?"宋盈看着高卓的状态有点不对劲,手有些发抖。她握住他的手,冰凉冰凉的,"你生病了?"

高卓抽回了手,拿纸巾擦了擦手心和额头的冷汗:"没有,最近休息得不好。"

"公司是别人的,别那么卖命,有时间多陪陪小云,她既然选择跟着你,你就要负起这个责任。"

"我知道。"高卓抬起头,"那个人还没有娶你?"

"还没。"宋盈迟疑了几秒钟。

"他还打算娶你吗?"高卓又问。

宋盈没有正面回答,只是点了点头,然后问道:"你是不是挺恨我的?"

"不恨,人嘛,要向前看,我恨你干什么?"

"小云呢,她有没有跟你抱怨我?"

"没有,她要是怪你就不会约你出来了,这不明显撮合咱俩嘛,但是咱俩的事儿她不知道,我也不准备让她知道。"

"我明白,我不会说的。"

"好,你如果结婚的话,不要给我发消息,我怕小云无意间看到,份子钱回头我再单独给你。"

"好。"

突然,高卓的手机亮起,高以云发来信息:"老高,你好好把握机会,你年纪大了,其实不适合年轻小姑娘了,我妈跟你年纪正合适,你争取有点效率,破镜重圆。加油,努力,爱你们,么么哒。"

这时,宋盈已经走到一旁接听电话。高卓用语音回复道:"你跟同学聊完了吗?赶紧回来吃饭。"

他刚回完,抬起头的时候,宋盈拎着包已经走出了咖啡馆。

桌上放着宋盈给高以云的礼物,粉色包装袋里是粉色的盒子,不出意外,里面还会有一个穿着粉色裙子的芭比娃娃。

高卓记得之前就告诉过宋盈,高以云自从上了初中后,就不喜欢粉色了。

只是她又忘记了。

或者,根本没有记住。

"滴……"

高以云的消息传了回来:"我已经溜了,给你创造二人世界,我刚才路过一家连锁酒店,看着不错。"

高卓立即追出去,高以云已无影无踪了,他心里开始不安起来,焦急地四面望去。

高卓拨打高以云的电话，被挂断，继续拨第二个、第三个、第四个。

终于，高以云接了电话："老高，你怎么这么不争气啊，你总给我打什么电话啊？"

高卓故作语无伦次："快快快……你妈晕倒了，快快快快回来……"

"晕倒了？我马上马上，等我等我，我没走远。"

两分钟后，高以云飞奔而归，看到只有高卓一个人站在咖啡馆门口，大口喘着气问道："我妈呢？"

高卓道："你妈走了。"

"走了？"高以云立即崩溃地扑到高卓身上，"怎么就走了呢？一个健健康康的大活人……"

高卓拉开高以云："你瞎想什么呢？她接了个电话，走了。"

高以云长舒一口气："你吓死我了，那你为什么骗我她晕倒了？"

"不骗你回来，怎么找你？"

高卓拎起高以云的后脖领子，直接把她拎回了家。

他不可以让她再出事了，最起码要努力不让她出事。

四　乐园

素问从分局回来后，吃了司正做的早餐，然后她就缠着司正让他讲小时候的事情。

"还有吗？再给我讲讲你的过去。"

两人坐在沙发上，素问依偎在他怀里——原来素问可不是这样一个黏人的人，或许是司正的突然离开让她倍加珍惜还在一起的时光吧。

"说了不少了。"司正很好奇素问今天怎么怪怪的，之前她是绝对不会对自己以前的事情感兴趣的。甚至素问还为了不伤害司正的自尊，说过"过去已经过去了，我跟你在一起是未来"这样的誓言。

素问看着司正温柔如水的眼睛，说道："之前我不了解你，现在我不了解你的之前，所以我才要迫不及待了解你，想要多了解你，从头开始了解，了解完整的你。因为，我是爱你的，爱曾经的你，爱现在的你，爱将来的你，还因为，我想永远记得你。"

司正伸手滑过她的头发、额头、眼睛、鼻梁、嘴巴，终于缓缓说道："我带你去一个地方。"

素问好奇地问道："哪里？"

司正道："乐园。"

第三部分：四 乐园

"什么是乐园？"

"乐园就是对于幸福的孩子是禁忌之地，但对于野孩子来说，是天堂。"

司正带素问来到了衡州市的棚户区，这里全是羊肠小道，破破烂烂的房屋好像一场雨就会被淋塌了。

素问从没来过这里，不知道在衡州市还有这样的角落，隐秘而破碎，不堪而有烟火，就像一个流浪诗人，在城市的边缘行走，轻声低吟，传唱一首欢快的童谣。

只是那些童谣总是容易被忘记。

"之前跟你讲过的，我有几个要好的朋友，小哑、小雨还有阿琛，阿琛和小雨是兄妹，我们大家经常去一个废弃的工厂玩。"司正牵着素问的手，带着她走进棚户区。

一只流浪猫探出头来，警觉地看着闯入这里的司正和素问，然后试图探了探脑袋，最终没有胆量出来，转身跑掉了。

"那个废弃厂房就是我们的乐园。"那是一家重污染工厂，因城市规划搬走了，就废弃在那里了。司正告诉素问，这间废弃的厂房既是他们的乐园，也是精神乐园。

乐园里面有一个大的空汽油桶，天气极寒的时候阿琛领头带着小伙伴们来这里，往空桶里装很多的落叶和木柴，点燃取暖。

阿琛还会烤鸡，但是鸡从哪儿来的是大家心知肚明的秘密。

司正还告诉素问，那个工厂大院的角落有一辆废弃的双层大巴车，大巴车的顶部有一个黑色的塑料桶，里面装满水就成了一个简易的洗澡单间，废弃的大巴车里长满了爬藤植物，春天一开花，会非常非常漂亮。

素问感到很新奇，特别投入地听着司正介绍，突然司正停下脚步，素问看到了一扇破破烂烂的铁皮门。

"这里就是了吗？"素问指着那扇门，旁边悬挂的招牌已经看不清写的是什么了，从门的缝隙里可以看到一个偌大的院子，在这个雨水充沛的夏季里长满了野草。

司正推开铁皮门，门发出吱呀的声音，他指着停在院子里的大巴车说道："那辆废弃的大巴车还有一个神奇的地方。二层的角落有一个打通的洞，向下做了一个简易的滑梯，那是我们小时候最爱玩的游戏，大家排着队玩，不争不抢，也没人因此打过架。"

素问就像参观景点一样，置身司正口中的乐园，她走到院子中间，张开手臂，仰面朝天，呼吸着青草与阳光的味道。

"你们的生活真有趣。"素问羡慕道。

"是吗？人就是这样，你羡慕我，我羡慕他，永远不知足。"司正说道。

"对呀，我就是不知足，所以，我想永远记得你。"

"当然会记得，除非以后你很老很老之后患上老年痴呆。"

"我才不要忘记你。还有其他好玩的事情吗，讲给我听。"

"仁爱行动。"

"是什么？"

司正回忆起那个冬天，很冷。

没人管的"野孩子"总是有很多不幸，比如其中一个孩子——小白，那天他太饿了，偷面包逃跑的时候被一辆车撞了，是意外。所幸，小白只是严重一点的皮外伤。

还是热血少年的司正知道后很气愤，凭什么？

他问的不是凭什么被撞，他问的是凭什么别人天生就吃饱穿暖，而他们却要经常饿肚子。

小哑知道这件事儿后也决定"讨回公道"。但是向谁讨,却又不知道。

阿琛拦着冲动的小哑,说道:"你才16岁,你救不了所有人,甚至是一个人。像我们这种被父母遗弃的人,能顾好自己就已经是幸运了。"

小哑无法反驳,司正也无法反驳,因为阿琛说的就是事实,赤裸裸的事实。

大家望着泛红的天边,太阳即将升起。

司正讲完这件事,素问的眼睛已经红了,她从来不知道世界上有人的生活是这样的,她也无法想象司正是怎么从一个小小少年一路艰难扛过来的。

"你怎么了?"司正把她轻轻揽入怀中。

"我的心好疼。"素问靠在他的肩膀上,看着远处疯长的草,像一群无忧无虑的少年,肆意浪费着青春。

"你不要哭,这与你无关,也不要难过,因为我们每个人都会终生陪伴难过,所以,就不要让难过在你的生活里占比太多。"这是司正的经验之谈,难过的时刻多了,经验也就积累下了。

"是你难过我才难过。"素问纠正道。

"我不难过,我从来都是笑着的。"司正轻轻亲吻她的头发,很香,已经忘记她买的什么牌子的洗发水了。

"可我只能感受到你的难过。"素问仰起头,长长的睫毛打散一滴滴泪珠。

司正擦掉素问眼角的泪,语气温煦地说道:"对于我们来讲,生活再难,也得接着往下过,我们什么都不相信,只相信活下去就会有奇迹,遇见你就是我的奇迹。"

"那你要答应我，无论发生什么事情，你都不许不辞而别。"

"为什么要不辞而别？"

"我只要你答应我，亲口对我说。"

"好，我答应你，我决不会不辞而别，离开你，我的人生将毫无意义。"

从棚户区出来，他们站在路边等着出租车经过。

"秦观的新书签售会几点开始？"素问忽然问道。

"下午四点，在海润商场。"司正道。

"那时间还很早，我们再散会儿步吧。"素问撒娇道。

"你不逛商场吗？"

"不要，商场人太多，我想跟你单独待一会儿。"

"好啊，都随你。"

"什么都随我吗？"

"当然。"

素问拉起司正的手："不要放开我。"

司正用力抓住："你今天怎么了？怪怪的，很反常。"

素问想起之前的那些循环，苦苦寻找，一无所获，一时失了神。

高卓把高以云拎回家后直接锁进了卧室里。

"老高，你干什么？"高以云在卧室里转动门锁，发现高卓已经从外面锁死了，"老高，把门打开，大白天的你也没喝多啊，把我关起来是什么意思？"

高卓不予理会，走到冰箱前，从里面拿出一罐啤酒，打开后，灌进喉咙里半罐。

"老高，我喊你呢，你还在吗，老高？"

高卓回到高以云卧室门口，用右手指关节敲了一下房门："大热天的，别喊了，休息一会儿，记得开空调。"

"不开，我热死自己。"

"人不可能在意识清醒的时候热死自己的，一会儿你受不了就自己开了。"高卓刚说完便听到了"滴"的一声，是空调启动的声音。

"老高，你至于吗？我不就是帮你把我妈约出来了嘛，你俩比我熟啊，熟人叙旧嘛，怎么还关我禁闭呢？"高以云用脚踢着房门，给自己脚趾顶到了，生疼。

"不是这事儿，我郑重告诉你，这个夏天你做好在家里宅着的心理准备。"

"你什么意思？"

"意思就是你这个夏天不能出家门了。"

"老高，你没道理啊，你这样我可以告你的，别以为你是我爸就不是犯法了。而且，老高我警告你，别仗着我只有你这么一个爸，你就为所欲为。更别仗着你是我心目中最帅最重要的男人，你就可以剥夺我的自由。你关得住我的人，关得住我的意志吗？意志是自由的，也是永恒的，更是不屈的。"高以云说完发现外面良久没有动静，于是脸贴在门上，想听得更仔细一些，突然，门被打开了，高以云失去重心，跟跄了几步，差点跌倒。

"你是觉得我说的有道理呢，还是意识到自己违法犯罪了？"高以云整理了一下身子的重心，正准备走出卧室，又被高卓拦住。

"几个意思？不是要放我？"高以云诧异地问道。

"站在这里，别动。"高卓转身拿了一堆零食和饮料塞进高以云怀里,接着他又抱过来一箱子漫画、小说,放在卧室的地板上。

高以云傻了:"老高,你玩真的?"

"还有还有……"说着高卓又给了高以云时尚杂志、游戏机以及充电器。

"进去,我关门了,别拍着你的脸。"砰的一声,高卓用力把门关上,然后门里传来高以云的尖叫:"我跳窗了啊!"

高卓道:"咱家26楼。"

"老高,我是不是你亲生的?"

"当然。"

"你是不是我亲爸?"

"下辈子也是。"

"好,既然咱俩血缘关系在,你就打开门,让我透透气。"

"死心吧。"

"老高,你逼我。"高以云用威胁的口气说的,然后满屋子踱步,烦躁极了。

"总之,这个夏天你不许出家门一步。"高卓蔼然可亲地说道。

高以云累了,她靠着门身体慢慢往下滑,最终坐到了地上:"行,那你总得告诉我原因吧,为什么啊?你为什么要这么做啊?"

高卓的眼神忽然暗淡了几分,艰难开口:"以后说。"他回到餐桌前,把桌上还剩半罐的啤酒一饮而尽。最悲哀的是,高卓知道这么做终究是徒劳的,但仍旧必须这么做,哪怕是小云晚死一天,哪怕是多活一秒。

空易拉罐落入垃圾桶,屋子里响起了手机铃声,高卓找到手机,来电显示写着"老板"。

高卓深吸一口气，接通电话，只听老板厉声质问道："你在哪儿呢？知道今天是周几吗？知道今天什么日子吗？还记得自己是一个打工人吗？"

高卓平静地说："我在家。"

老板继续斥责："在家？全公司等着你开会，甲方都找上门了，你告诉我你在家？你在家生孩子呢？"

高卓心平气和地说道："我女儿已经十七岁了。"

听筒里，老板的声音暴跳如雷："你是不是不想干了？不想干就给我滚蛋！滚蛋！"

高卓道："好的。"

挂了电话，世界安静了许多，卧室里也没有高以云的叫嚣了。高卓小心翼翼走到高以云卧室门前，耳朵贴在门上偷听，听到激烈的打游戏声音，这才稍稍放心了些。

"小云，有些事情永远没有答案的，有些事情也最好不要知道原因。"高卓在心里说道。

这时，老板的电话又追了过来，高卓直接挂断，然后设置了阻止该号码来电。

打游戏其实是高以云的障眼法，她只是打开了游戏视频，把声音适度放大，然后联系了老妈。

"你前夫虐待我。"视频电话一接通高以云便夸张地演起来了，用手抹着眼泪，带着哭腔，楚楚可怜。

"什么意思？"宋盈的脸上问号和震惊交织在一起，不解地问，"高卓打你了？"

高以云道："那倒没有，就是我被您前夫关起来了，您看着办吧。"

"关起来什么意思?"

"我哪知道啊,您前夫突然就生气了,把我拎回来后直接锁卧室了,还告诉我这个夏天不可以出房门半步,您曾经是他老婆,你去搞定。"

"你等着,我马上过去。"

"您赶紧来吧。"

挂了视频电话,高以云打开一包零食,关掉游戏视频,准备玩几把游戏,就在游戏加载的时候,高以云忽然想起什么,拿起手机给高卓发了一条语音消息:"呼叫姓高的后爸,呼叫姓高的后爸。"

高卓回复道:"怎么着?"

高以云道:"帮我拿一盒冰激凌,香草味的。"

片刻,高卓把冰激凌送了进去,然后坐到沙发上,自己也开了一盒吃。没吃几口,前妻宋盈用钥匙直接开门进来,揪起高卓的耳朵就往卧室走。

"干什么?"高卓没有挣脱,放下冰激凌,习惯性地半蹲着跟着走,这是多年来养成的习惯。

习惯这种东西,是最难戒掉的。

宋盈把高卓拽进卧室,叉着腰嚷嚷道:"高卓!当初咱俩协议离婚的时候,在孩子跟谁的问题上,咱们选择的是尊重孩子自己的意见。小云选择了你,你却这么对她,还把她关起来,你要干吗啊?"

高卓刚要开口又被宋盈打断:"等一下,我去趟卫生间。"

说完宋盈出了主卧,留高卓一个人傻在那里。转了弯,宋盈没有走向卫生间而是来到高以云房间门口,把备用钥匙从门缝里塞了进去，然后回到主卧，砰的一声把门重重关上。

听到信号，高以云赶紧拿了钥匙从里面把门打开，直接溜走了。

马不停蹄跑到小区门口，正好一辆出租车过来，高以云冲过去把车拦下。

"姑娘，着急忙慌的去哪儿啊？"司机热情地问。

"海润商场。"高以云拉开后门，坐了进去。

出租车启动，绝尘而去，把这个夏日里燥热的风甩在车后。

五　齿轮开始转动

下午三点钟,安易在海润商场附近的一家药店买药。

昨晚的酒后劲太大,导致安易现在头还在疼,于是他买了一些缓解宿醉和头疼的药,又到旁边的便利店买了一瓶水,把药吃了。

从便利店出来,看到不远处的海润商场有很多工作人员搬着设备进进出出,应该就是季白一会儿的活动了。

"你现在在哪儿?"

刚想到这里,季白便打来了电话,温柔地问道。

安易道:"找地方喝酒。"

季白道:"你来海润吧,我在这边有个活动,活动现场也提供酒水。"

安易拒绝道:"我就不去了,祝你活动顺利。"

"你确定不来看一眼?"

"不看了,没准我哪天就瞎了,我要抓紧时间好好享受一下。"

"安易,你在逃避。"

"我有什么可逃避的?"

"你在逃避我。"

"我只是在逃避自己。"

挂了电话后,安易犹豫良久,还是走进了商场,刚乘电梯到二楼,季白的电话又追了过来,安易躲进洗手间接:"怎么了?"

"你还是来吧,我希望你来,真的,我希望你能在现场看着我,这让我安心。"

"安心?"

"我们经历得太多了,一遍又一遍的循环让我感到很累。"

"我来不来重要吗?"

"重要。"

"我觉得不重要,就这样,挂了。"

安易收起手机,洗了脸,头还是很疼,他拿出药来。一把药片有点噎,于是他打开水龙头,用手捧起自来水,把药顺了下去。

药落进胃里,残留在口中的水被安易吐了出来,因为有一股浓郁的三氯甲烷味道,令人作呕。

安易刚要出卫生间,迎面进来一个人,互相都没有注意,险些撞上。

"不好意思。"对方说道。

"没事。"安易随口说一句,出了卫生间。

撞上安易的男人正是余光,他晃到了安易的侧脸,觉得有些眼熟,立刻跟了出去。

余光朋友甚少,平时也不爱与人交流,甚至都记不住他人的脸。可是这个人很熟悉,要么认识,要么在哪里见过且印象深刻。

所以,当看到安易熟悉的脸的时候,他本能地跟了上去。

安易从卫生间出来,迅速进入了隔壁的吸烟室,他想在这里抽几支烟,缓解缓解头痛,顺便醒醒酒。

余光推开吸烟室的门，里面除了安易还有三个烟民，两男一女，在小声聊着什么。

余光坐在安易对面，见他从口袋里拿出烟来，但是摸遍全身也找不到火。余光把自己的打火机递了过去——他平时不抽烟，但是身为商场经理，身上会随身携带打火机，方便他人。

"谢谢。"安易接过打火机，点燃香烟，深吸一口气，吐出一个大烟圈，然后把打火机递还给余光，顺便递给他一支烟。

为了跟安易顺利聊几句，他接了烟："打火机你留着吧，我有很多。"说完从身上拿出另一只打火机，点燃香烟。

"谢谢。"安易把打火机放进口袋。

"一个人逛商场？"烟抽上，很自然地进入聊天模式。此时，余光已经认出了安易，他就是商场火灾的受害者之一，奇怪的是他从不要求赔偿，好几次循环里（除了第一次），也闭门不见前去探望的商场工作人员，甚至，上一次的循环失火后直接未见他的踪影。

之前关于商场失火的新闻报道很多，但余光从未得知过他的名字。

安易道："一个人，借下洗手间，顺便抽支烟，蹭蹭空调，这个夏天太热了。"

余光点点头："是啊，不仅热，还很闷。"

安易补充道："让人喘不过气来。"

两人的对话很默契，从刚才聊到足球，又聊到了车、经济、历史，最后落在了男人之间永恒的话题上——女人。

"你结婚了吗？"安易问道。

"没有，也没有女朋友。"余光道。

"不至于啊，人又高又帅，还是商场的经理，收入不错，怎么会没有女朋友呢？"

"就是没想过这个问题，顺其自然吧。"

"你不会是……"

"这个绝对不是，绝对正常。"

"不正常也没关系，人活着被圈在一个小方格子里，日复一日，本来就够累了。"

余光叹了口气："累，但累也是自找的。"

安易笑道："这不是找不自在吗？"

余光道："谁说不是呢？你这么年轻，应该积极向上一些。你有女朋友吗？"

安易摇摇头。

余光看他一身名牌，连鞋子都是限量款，家境应该十分殷实："那追你的女孩肯定很多。"

安易笑道："的确不少。"

"挑花了眼？"

"那倒不是。"

"这么说有喜欢的了？"

"有。"

"她不喜欢你？"

"喜欢。"

"我不明白了，你喜欢对方，对方也喜欢你，怎么没在一起呢？"

安易沉默了良久，这时吸烟室里另外三个人抽完烟出去了，他才小声说道："老哥，季白知道吗？"

余光道:"不瞒你说,她今天来我们商场做活动,人很漂亮,我很多同事都是她的粉丝,怎么?她喜欢你?"

安易打了一个响指,说道:"猜对了。从上学那会儿就暗恋我。"

"那你们为什么不在一起?"

聊到这里,忽然吸烟室的冷气停了。

没了冷气,房间里立刻热了起来。

"对不起。"余光冷不丁说道。

"什么?"安易不解地问道,"为什么跟我道歉?"

余光想跟他道个歉,因为在一遍又一遍的循环中,他从没有找到机会跟这位受害者真诚地说一声抱歉。

虽然现在他的眼睛还是好的,但对余光来说,这声道歉能让他心里轻松一些。

所以,只能假借别的事情道歉。

余光指了指出风口:"我是商场经理,冷气出了故障,给顾客带来不好的体验,很抱歉。"

安易笑道:"第一次有上帝的感觉。"

之后,余光去处理冷气问题,出了吸烟室。

他们聊了那么久都没有意识到他们都是停留在这个夏天里的人,就像余光和季白,也是如此。

命运就是这么有趣,看着人上岸,也看着人挣扎。

而高卓这边被宋盈闹得异常烦躁不安,花费了不少时间才把她敷衍走。

宋盈走后高卓来到女儿房间门口,听到里面传来电影的声音,然后回到沙发上。他思索了片刻，站起来回到女儿房间门口。好不容易在这次的循环里，能有跟女儿重聚的奢侈的机会，自己这么做或许是不对的，至少女儿不开心。

她不开心，他就没有意义。

"小云，聊一聊？"高卓轻轻敲了敲房门。

良久没有回应，高卓敲得大力一些，继续问道："爸爸反思了，这样做不妥，会伤害你，给爸爸一个弥补的机会，我们出去玩。你不是一直想游遍北欧嘛，爸爸买了机票，我们去北欧，去卑尔根。"高卓又敲了两下门，"我跟你讲，爸爸做功课了，卑尔根是挪威霍达兰郡的首府，是挪威西海岸最大最美的港口，是欧洲文化之都，也是一座雨城。小云，你理一下爸爸好不好？"

良久，没有回应，高卓拿出钥匙打开了门，发现房间里空无一人，高以云凭空消失了。

高卓砸了一下额头，猜到是宋盈干的好事。旁边的电视机播放着娱乐频道，肯定是高以云走的时候故意打开的，而且还调大了声音。

十七岁的女孩，像一只拥有美丽羽毛的鸟，渴望在空中飞翔，渴望展示自己的羽毛。

"有些鸟注定是关不住的，"此时，电视机播放的《肖申克的救赎》里摩根·弗里曼饰演的监狱"大哥"瑞德正在说他的旁白，"它们的每一片羽毛都闪耀着自由的光辉，当它们飞走，你会由衷地庆贺它获得自由，无奈的是，你得继续在这乏味之地苟活……"

至少高卓没有关住高以云。

就在高卓要关掉电视机的时候，播放到一半的电影忽然变成了资讯，女主播正襟危坐，播报道："现在插播一条紧急新闻，根据热心市民提供的线索，衡州市公安局长安分局的干警于下午两点钟，在棚户区的一处民居里，抓获本市连环凶杀案的犯罪嫌疑人霍某，经警方突审，发现霍某只是一个模仿杀人犯，真凶还在逍遥法外，长安分局提醒广大市民，尤其是女孩，夜晚尽量不要出门，如有必要外出，请结伴而行，选择明亮的大路和正规出租车……"

高卓的脸在颤抖，电视机的画面也恢复了《肖申克的救赎》电影画面。

他拿出手机拨通了方警官的电话，对方接通后直接说道："刚要给你电话，我们根据你们提供的线索抓获了凶手，虽然是个模仿杀人犯，但离真相不远了。对了，市民提供破案线索是有奖金的，哪天你跟素问小姐方便的时候，来一下分局……"

高卓打断方警官的话："确定……确定是模仿杀人犯吗？"

方警官道："确定，供认不讳，刚带凶手指认完现场。"

高卓不愿意相信："再审审？到底是模仿杀人犯，还是团伙作案，他是其中一个……"

方警官道："高先生，我们没有搞错，抓坏人是我们的职责。您跟素问小姐的热心，我们分局上下都很感激，没有这么有力的线索，模仿杀人犯还会作案，还会有更多的受害者。更重要的是，他会给我们抓住真正的连环凶杀案的真凶增加很大难度，还好……"

高卓直接挂了电话，夺门而出。

来到地下车库，高卓驾驶沃尔沃冲到街上，不停地拨打着高以云的手机，但都一直提示关机，看来是高以云故意为之。

真凶未落网，致命危险与高以云近在咫尺。

第三部分：五　齿轮开始转动

高卓超速行驶在街道上，他不知道去哪里找高以云，只能本能跟着感觉开。很快来到前妻宋盈家，他觉得或许两个人分析一下能知道高以云去了哪里。

敲响前妻宋盈的家门，开门的是一个男人，这个男人就是插足他们婚姻的人。当然，高卓也知道自己并不是完全没有问题，毕竟自己的重心偏向了工作，给宋盈的关心和给女儿的耐心都少了许多。走到离婚这一步，亦是成年人理智的选择，没有误伤，没有冲动。

"你干什么来了？"男人挡在门口。

"我来找宋盈。"高卓直接推开他，进到屋里。

"我让你进去了吗？"男人气愤地质问高卓，"你这叫私闯民宅知道吗？滚出去，不然老子对你不客气。"

"宋盈？"高卓直接无视男人，喊着前妻的名字。

宋盈从卫生间出来，诧异道："你怎么来了？"

"你偷偷给小云开了门，她出去了。"

"是我开的，她出去有什么错吗？"

"这件事掀过去，现在是另一件事，你想想，她出去玩，最可能去哪里？"

"怎么？你再过去把她带回家？你之前不是这样的，很疼她啊！她做错了什么你要这么对她！"宋盈开始指责他。

"她没有做错任何事，是我错了，你听我说，我没有在无理取闹，也没有在发疯，小云有危险。"高卓的情绪越来越激动，最后直接吼了出来，"不，很危险，有生命危险！"

男人见状直接推开高卓："你离宋盈远一点。"

高卓猛然一个回头，怒视着男人，平和在眉宇间流失，凌厉的双眸像舐血的野兽，散发着獠牙般的寒光，男人的心咯噔一下，被吓了一跳，他从未见过如此凶恶的眼神，令人不寒而栗。

男人都是好斗的，尤其是中间站着一个女人的时候。即使高卓那个可怕的眼神在那里，男人也随即拱起了火，在他的认知里，高卓是打不过自己的，毕竟高卓年纪比他大，又每天从事办公室工作。

况且他闯进别人家，还是宋盈的前夫。

无论哪一条，都足够点燃怒火的引线。

"老高，你在外面得罪人了？"宋盈担心地问道。

高卓还没有来得及进一步解释，男人大力推了他一下。

"滚出去，我数三个数。"男人说完，被宋盈拦了一下，男人不满，直接推搡了一下宋盈，宋盈一个趔趄差点倒在地上。

下一秒，高卓抬起脚，用力蹬在男人的腘窝处，也就是膝盖后面的部位，男人猝不及防，直接跪在了地上。高卓又是一脚，踹在了男人的后背上，男人趴在了地上，随即高卓用手肘死死压着他的后颈，男人开始有点喘不过来气。

宋盈整个人都看傻了，她发现自己原来一直都不了解这个男人。

"闭嘴，能听明白吗？"高卓道。

男人的手掌用力拍着地板，在求饶。

"再说一句话，我会给你舌头打一个蝴蝶结。"高卓又道。

男人继续拍着地板，表示明白。

当时高卓还特别想问问这个男人为什么不娶宋盈，但终究没有说出口，别人的感情，自己没有任何权利干涉。结婚与否，是他们的自由。

高卓松开男人，温柔又重回他的眉宇之间，面对自己的前妻，说道："宋盈，我是认真的，没有发疯。"

宋盈问："她为什么会有生命危险？"

高卓道："一两句话解释不清，你相信我，她是我女儿啊，是我的亲生骨肉，我是不会在这件事上撒谎的。"

宋盈道："好，你别那么激动，我想想……"她来回踱着步子，想着高以云可能会去什么地方。

高卓看了一眼墙上的表，时间一分一秒地过去。

"路夏，小云特别要好的同学，高中三年她们一个宿舍……还有，还有一个叫丁池的男孩，小云偷偷关注他的社交账号，可能是喜欢他……再有就是……"

砰！

突然一声闷响，高卓倒在了地板上。

宋盈回过神来，看到男人拿着烟灰缸，站在那里，烟灰缸上沾着发丝和血，高卓捂着头趴在地上。

"你在干吗？"宋盈慌了。她用力把高卓扶起来，检查他头上的伤口，有血在涓涓地往外流。高卓觉得世界天旋地转的，他努力睁开眼睛，宋盈的人影在他眼前模糊地晃着。

"毛巾！拿一块干净毛巾！"宋盈冲男人喊着，男人站在那里，一动不动。

高卓推开宋盈，努力站起来，跟跟跄跄冲进卫生间，用水直接洗了洗头和脸，清醒了不少。他拿起一块干毛巾，按在头上的伤口上，又跌跌撞撞走回客厅。

"我没有多少时间了，小云也没有多少时间了，你把刚才说的那两个人的地址发给我，还有你想到谁的号码，或者其他地方，随时发给我。"高卓走到门口，又回头道，"认真想，懂吗？"

宋盈六神无主地点了点头。

高卓回到车上，收到了宋盈的信息，是两个地址。不管怎么样，先过去看看。

高卓启动汽车，缓缓开出，他不敢车速太快，因为头还是又痛又涨，眼前也会时而重影。

一辆出租车在海润商场门口停下，后门打开，司正先下了车，然后弯着腰拉着素问出来。

然后两人直接去向秦观签售会所在的二号公共空间。

经过一号公共空间的时候素问被一张巨幅海报吸引了，上面是季白，她曼妙的身材，绝美的容颜，令每一个经过的人，无论男女都会驻足、欣赏。

多么赏心悦目的一个女人。

至少目前是，因为广大网民目前还没有看到季白的假面之下的真实面容。

"走啦。"司正在一旁说道。

"她好看吗？"素问歪着头古灵精怪地看着司正，饶有兴致地问。

"还好吧。"司正皱着眉头。

"她好看还是我好看？"素问笑着追问。

"那肯定是你好看。"司正说得十分肯定。

"你是不是瞎，这么好看的女人你不觉得好看？"

"就是你好看。"

"那你就是在骗我。"

"绝对没有，或许在别人眼里，她比你好看，但是在我心里，你比她好看。"

素问挽住司正的胳膊："走吧，去签售会。"

就在素问和司正转身的时候，一个女孩与他们擦肩而过。

"司正，等一下。"素问望向那个女孩奔跑的背影。

司正问道："你认识？"

素问道："有点眼熟，不重要，走吧。"

他们来到了二号公共空间，签售会现场已经布置好了，读者也来了不少，一旁有一个长队，正在提前购买秦观的新书《困在笔下的人》，用于一会儿的签名环节。正式的签售时间还未到，秦观没有现身，应该在休息室准备。

"我们过去排队吧。"司正拉着素问往买书的队伍走去。

素问机械地随着司正过去，思绪还在刚才的女孩身上，那张一闪而过的侧脸，非常熟悉，就感觉几个小时前刚见过似的。

但是几个小时前素问刚从新一轮的循环里醒过来，见过的人只有司正和高卓。

老高！

素问想到女孩那张侧脸为什么那么熟悉了！她跟老高长得有几分相似！素问努力回忆看过的高以云的照片，两个人的脸慢慢重合在一起。

"司正，你在这里排队，我有点事，等我回来好吗？"素问担心司正又不辞而别，反复强调，"一定要等我回来。"

"什么事？"司正问。

"我好像认识刚才那个女孩。"

"你去吧，我就在签售会现场等你。"

素问朝着女孩的奔跑方向追了过去，在一号公共空间没有看到高以云的身影。

"老高,我好像看到高以云了。"素问拨通了高卓的电话,直截了当地说。

当时高卓正在专心开车,按下了免提,当听到女儿名字的时候,迅速踩了刹车,也不管身后汽车的暴躁鸣笛声。

"你在哪儿看到她的?"高卓激动地问道。

"海润商场。"

"一定帮我把她留住,我马上过去。"高卓擦掉头上新流淌下来的血,然后揉了揉眼睛,重新启动汽车,朝着海润商场的方向驶去。

素问答应了高卓,一定帮他留住女儿。可是人满为患的商场里找一个人,无异于大海捞针。

就在素问焦急得额头冒汗的时候,她想到一个人——商场经理余光,他是最能帮得上忙的了。

素问立即联系了余光,说明了高卓和高以云的情况。余光立刻从沙发上弹起来,让素问别着急,他派保安逐层去寻找。

素问跟高卓要了高以云的照片,传给了余光,余光又发给那些帮忙寻找的同事们。

素问绕了一圈回到二号公共空间,司正第一眼就看见了她,站起来伸出手招呼道:"我在这里。"

买书的队伍很长,素问去了这么久,司正才排到了第十三位。

"聊完了?"司正问道。

"没找到人,但是必须得找到她。我会在签售会开始前回来,好吗?"素问安抚着司正。

"她是谁?"司正不禁好奇地问道,疑惑为什么这么重要的朋友他之前却不知道她的存在。

"一两句话说不清楚,晚些时候我从头跟你讲起。"素问决定无论多么荒诞,她都要告诉他这个夏天的故事,包括夏天里的人。

"好,你去吧,我在这里等你。"司正体贴地说道。

随后,素问直接来到监控室,余光正在和同事们全神贯注地找高以云。

"商场马上有两场活动同步进行,一是季白的商业活动,二是著名作家秦观的签售活动,商场里聚集的人越来越多,我们扫了两遍都没有找到她。"余光见素问进来,立即沟通目前的情况。

"我再找一遍。"或许女人找女人有天生的优势吧,20块监控屏幕,一层一层、一个角落一个角落反复查看,终于在第四遍的时候素问发现了。

"在那儿!这是哪里?"素问指着其中一块电视屏,有一个女孩坐在炸鸡店附近的休息区,且是背对着镜头的。素问这么肯定是因为视频里女孩从衣服到发型都跟高以云相似,重点是手腕上的手链,上面有一个小熊造型的装饰,而刚才在一号公共空间高以云跑过去的时候,素问看到了她手上也有这样一款手链。所以,她基本可以认定那就是高以云。

"这是负一层。"其中一个保安说道。

素问对余光道:"我自己过去,我担心一群工作人员还是男性突然出现在她面前会吓到她,我过去想办法拖住她,等老高过来。"

余光点点头:"你去吧,我再联系一下高卓。"

素问走后,余光打电话过去,高卓竟被堵在了路上。

心急如焚,是高卓此时此刻的心情。他走的这条路好巧不巧发生了一起事故,十几分钟过去,所有车仍旧处于停滞不前的状态。高卓急得浑身都湿透了,他突然打开车门,解开安全带,不顾危险地弃车离开。

他用最快的速度跑出拥堵的范围,然后飞奔到一个方便打车的位置,拦了一辆出租车绕远路前往海润商场。

"老兄,什么事这么急?"司机师傅随口问了一句。

高卓大口喘着气,顾不上跟司机闲聊,然后拿出手机扫了一下司机座椅靠背上的付款码。

"到账10000元整。"

收款提示音让司机惊掉下巴。

高卓说道:"闭上嘴巴,能开多快开多快。"

司机猛踩油门,汽车蹿了出去。

海润商场,负一层。

素问赶到炸鸡店门口的时候女孩还没有走,正在低头玩着手机。

"美女。"素问坐到女孩身边。

女孩抬起头,素问心里的石头终于落了地,她就是高以云,老高的女儿。

"在喊我吗?"高以云问道。

"你裙子哪里买的,好漂亮啊。"素问热情饱满地夸赞道。

女人之间的话题和友谊大多数是从一件漂亮衣服开始的,而且衣服越漂亮,友谊进展越迅速。

"是吧,我也觉得很好看,我爸却说是抹布,没眼光。"高以云吐槽道。

"男人都没眼光，真的好漂亮啊，我也好想买一件。"素问附和道。

"其实，这条裙子是我改的。"

"改的？"

"对，新学期开学，我零花钱花超了，不好意思跟我爸要，我就说要买条裙子，但我也不能完全骗我爸，我就拿窗帘改了一条。"

"这么厉害？"

"我说怎么这么特别这么好看呢。"

"你要吗？我给你改一条。"

"要啊，你在等人吗？要不要现在就去买布？"

"本来约好一起去秦观的新书签售会呢，我被人放鸽子了，走吧，买布料去。"

两人手牵着手，乘扶梯上楼。

"我还想买一件衬衣。"素问道。

"那先去买衬衣，然后再买布。"高以云很开心，没有哪个女孩子不喜欢逛街。

"走。"素问笑着。

"不知道为什么，我觉得你好亲切啊。"高以云笑起来特别开朗，"就好像认识你似的。"

"我也这么觉得。"两人笑得更开心了。

素问和高以云来到一楼，经过一号公共空间看到季白的海报的时候，高以云感叹道："她好漂亮啊，我是女生都被她迷住了。"说完低头看看自己扁平的身材，有点不开心。

素问道："咱们这种穿什么都好看。"

高以云瞬间转忧为喜:"知己啊,本来今天不打算购物呢,看来不得不买了。"

"没错,女人的衣柜里永远缺一件衣服。"

"我还缺帽子、鞋子、包。"

"我也缺。"

两人嬉笑着走进一家时尚快消品牌的服装店。在高以云全神贯注挑衣服的时候,素问偷偷给高卓发了信息:我已经稳住了小云。

服装店外的一号公共空间聚集的人越来越多,因为距离活动开始还有三分钟。

主持人、安保人员、商家、被邀请入座的嘉宾和观众都已经到齐了,相关工作人员正在调试音响和灯光。

穿着白西装配白裤的女主持人,站在舞台的一角,拿着一张卡片,正在熟悉流程。

突然,灯光亮起,音乐响起,干练的女主持走上台,说着开场词,远一些的顾客也随之被吸引了过来。

包括楼上的顾客,都挤在栏杆处围观。

"让我们有请今天的主角,荣获网络年度主播女神的季白!"

女主持人话音刚落,出场音乐奏起,随即台下掌声雷动,在万众期待中,季白款款走上台。

她穿着黑色长风衣,搭配白色T恤,下面是紧身皮裙和骑士靴,经典简约的黑白配,优雅又帅酷,立即把一旁的女主持人衬托得像个柴火妞。

外围的顾客在尖叫,无数手机举过头顶,拍照或者录小视频。

季白拿起话筒，温婉地笑着："在活动正式开展之前，我想向大家介绍一个人，他是城市里的平凡英雄。"

季白说这句话的时候，全市的各大媒体纷纷到了台前，准备好了摄影机、相机，以及问题。

"就在今天上午，在商场里的五楼，一个男孩翻越栏杆，是一位英雄在千钧一发之际抓住了男孩，两人就悬挂在中央的广告条幅海报上。"季白指着商场空中的条幅海报，"如果不是他，一个家庭就这么毁了。首先，我个人要感谢他，感谢他让我看到这个世界还有如此尽职尽责的人，他是这家商场的经理，目光时时刻刻落在商场的角角落落，他叫余光。"

掌声再次响起，余光有些木讷地被推上台。

季白的声音穿进素问和高以云所在的服装店，素问拉起高以云："一会儿再挑，先出去看看，余光是我朋友。"

高以云跟着素问跑出了店里，但是人潮汹涌，什么都看不到。两人费尽好大的劲才挤进人群前面一些的位置。

赶来现场的媒体正在提问，一个穿着职业装的女主持人站在摄影机的一旁，说道："余光先生，我是衡州市电视台的主持人赵雨，台里正在做一个《城市里的平凡英雄》的专题。首先我想问一下余先生，成为城市里的平凡英雄是什么感觉？"

余光觉得舞台前面的灯特别刺眼，他很不适应。

在台下观众们的期待中，余光拿起话筒，思索良久，终于开口道："我不是英雄，我是个普通人，具体一点即是普通的打工人。我不得不承认的是，其实我是一个怕死之人，而且也做过很多失职的事情，比如经历了一场火灾。我知道你们听到这里听不明白了，没关系，因为对你们来说，那场火灾还没有发生，但是

217

对我来说，那场大火已经反反复复烧了好几遍了，一直烧进我的梦里。"

台下的人听得不明所以，素问和媒体更是有些局促和尴尬，因为他们深知，余光说偏了，而且偏得离谱。

余光深吸一口气，继续说道："正如我刚才说的，是我的失职，是我的工作不到位，引发了那场悲剧。在这个夏天里，我好像又比别人幸运一点，因为我获得了很多次机会，很多次重新弥补的机会，但好像每次都被我错过了，到后来我也分不清是一次次机会还是一次次折磨了。那种糟糕的感觉就像深陷泥潭里，慢慢下沉，慢慢下沉，卡住脖子，我开始喘不过气来。"

"余光……余光……"季白小声喊他的名字，暗示他可以结束了。

"看来我们的余先生有些紧张。"主持人说，"我们多给他一些鼓励。"

掌声响起，余光从恍惚中清醒过来，原来刚才的发言都是自己臆想。可是只有那些臆想才是余光内心想要说的真话，但是为了商场能多存活一些时日，还是得违心地附和媒体想要的城市英雄的言论。

"大家好，我是余光，这家商场经理，我只是一个普通人，做了一件普通的事情，我想，当时那个情况，谁在那里都会伸出援手紧紧抓住那个孩子，所以，每个人都是城市里的平凡英雄……"

余光的开场发言赢得了阵阵掌声。

接连几个问题之后，城市英雄的事情告一段落，商业活动继续，等后续的环节还会请余光上来互动，等同于三赢——商业活动的价值最大化了、媒体的任务完成了、濒临破产的商场得到了

第三部分：五 齿轮开始转动

喘息。

余光觉得值得。他暂时走下舞台后，素问带着高以云绕到后面来找他，余光看着高以云，替高卓感到欣慰——如果自己也有一个女儿的话，这个时刻一定非常开心，胜过所有的开心。

而签售会那边司正还在排着队，马上就到他了，可是素问还没有回来，他打过电话，一直没人接。他不知道是不是素问所处的环境太吵，没有听到电话铃声。司正心里有一种很不好的预感——今天一早素问就怪怪的，且有点神秘，多出了不少他毫不知情的朋友不说，还总是突然跑掉。司正看了一眼正在低头签名的秦观，犹豫再三，离开了排队的队伍，素问比一个签名重要得多。

季白重新上台，继续着这场商业活动，忽然，她在人群里看到了一个人——安易。

嘴硬的男人。他终究还是来了。

那一刻季白觉得自己心里有一块非常柔软的地带，被戳了一下。

也是在那一刻，季白觉得什么都不重要了，金钱不重要，脸也不重要，她想立即奔赴到他身边，然后向所有人宣布，这是她喜欢了好多好多年的男人。

季白临时做了一个决定，她知道这个决定有多危险，但季白仍旧执意要去做。每一次的循环都是一个崭新的开始，那么就选择另一种可能吧！

反正自己的"假面秘密"迟早都会成为全网尽人皆知的"笑话"，不如提前宣布退圈。

季白举起手，示意音乐停。

219

突然的中断，令所有人有些措手不及。

"趁大家都在，趁这场活动全网直播，我想宣布一个事情，我知道这么做很不礼貌，但我必须要这么做，恳请大家谅解。"季白弯下腰，认真地鞠了一个躬，重新直起身子的时候她抬起手指向人群，喊道："喂！人群里那个穿着灰色联名T恤的人，不要走！"

人群中，已经转身的安易停下了脚步。

"对，就是你。"季白道。

安易转回身，看到台上的季白眼睛里已经湿润了。

"听我说完。"季白道，"就在刚才，看见你的那一刻，我觉得自己特别厌倦这一切，所以我作出了一个决定：我宣布，从今天起，退出各大平台，放弃所有，做回现实生活中的一个普通人，一个真实的人，一个渴望享受爱情的人。"

台下的人鸦雀无声，而直播间里已经沸腾，数万条弹幕遮盖了这个屏幕。

季白继续说道："我有一个非常非常爱的人，他就站在人群里，刚才还妄图跑掉。现在，你还跑得掉吗？给你两个选择，一是上来抱我，二是我下去吻你。"

人群终于炸开了，纷纷寻找季白所说的那个男人。

然后一只臭烘烘的运动鞋飞向舞台，击中了角落的音响，发出砰的一声巨响，重新吸引了人们的注意力。

台底下有男粉丝歇斯底里地喊道：

"你辜负了我们！"

"你抛弃了我们！"

……

人群开始向前涌，场面即将面临失控。

这场失控比所有人预计的都要迅速。活动现场装载了照明灯和音响设备，数量之多，功率之大，尤其是灯上造成的温度，光碘钨灯的石英玻璃表面温度就可达500℃到700℃，有人撞倒了碘钨灯，灯砸在了幕布上，瞬间起火。

且火势的蔓延速度也出乎所有人的意料——幕布燃烧后，引燃了幕布后面活动方的大批宣传物料和活动道具，火势猛然加大，包围了附近的音响等设备。

突然一声巨响，其中两个音响设备接连爆炸了。

群众瞬间慌乱，争先恐后地逃走，这导致了更大的悲剧——舞台后面钢架支撑的LED广告屏倒塌，砸向舞台。当时季白和部分工作人员还在台上，一起逃的时候，季白的脚崴了，广告屏直接砸了下来，把季白压在了下面。

乱成一团的人群中安易逆流而上，向着舞台方向艰难地挪动着。

余光带领着一众保安拿着灭火设备赶过来的时候火势已经控制不住了，向附近的商户蔓延而去。

"119打了吗？打了吗？"

余光在火海边缘怒吼着，他感到彻彻底底的无能为力。

"第一时间就打了。"其中一个保安说道。

素问被人流冲击得连续跌倒了好几次，两个膝盖擦破三处，她忍着痛寻觅着高以云的身影——就在现场爆炸的时候，两人被冲散了。

同样在拥挤的人群里奋力"划水"的还有司正："素问！素问！素问！"他大喊着她的名字，却连她的背影都看不到。

但是素问听到了司正的声音，目之所及全是黑压压的人头，根本找不到司正的位置所在。

"我在这里，司正，在这里！"素问举着手，然而她的声音早已淹没在惊恐的人潮里。

与此同时，一辆出租车急停在海润商场门口，高卓下了车却看到不断有人涌出商场。

"怎么回事？"高卓拦住一个落荒而逃的人。

"着火了……着火了……"那人推开高卓，跑下台阶，摔了一跤。

高卓立即冲进商场，但往外逃的人太多了，高卓迈两步退三步。救女心切，任何人任何困难都不能阻挡一个父亲，他用尽全力挤进商场，一条巨大的火舌在高卓的眼前飞舞，热浪打在他身上，但他毫无畏惧。

"小云！"高卓再次扎进人群。

逆行的还有安易，他也终于踏上舞台，然而LED广告屏幕已经起火了，逐渐烧了过来，季白就压在下面，如果不立刻把她救出来，那么她就会被火焰一点一点吞没。

"季白，你还好吗？"安易大喊着，"季白！回答我啊！季白！"

"我的腿被压住了。"季白虚弱的声音从钢架下面传了出来。

"别怕，我在。"安易努力抬起钢架，但是太沉了，他用尽力气钢架也纹丝未动。

安易慌了，时间紧迫，面对如此重和大的钢架，他一个人根本就抬不动。

"下面有人，求求你们，帮帮忙……"安易向周围的人求助，从楼上跑下来的顾客络绎不绝，但没有一个人听到他的呼救，"求求你们了，帮帮忙，下面有人啊，下面有人呀……"

"你走吧,我们下个循环里见。"季白说道。

"如果你意外死亡,就见不到了……无论如何我会救你……"安易呛了几口浓烟,趴在架子上剧烈地咳嗽起来。

忽然,安易的目光落在灯架上,他立即跑过去,把灯拆掉,拿着灯架回到季白被压的地方。他半跪在地上,用灯架当撬棍,整个身体压在撬棍上用力。突然,灯架弯了,看来一根的强度不够。

安易又拆了五根,继续撬。

现在撬棍的强度够了,但是他的力道不够。

此时,高卓跑过他身边,安易就像抓住最后的救命稻草一般,声泪俱下:"大叔!大叔!求你帮帮我,下面有人啊,求你了……"

高卓放缓脚步,脑海中天人交战,女儿还没有找到,是帮还是不帮?如果帮忙,错失了救女儿……

"大叔,求你了……求你了……求你了……"安易跪在地上,向高卓磕头,砰砰砰,额头瞬间冒出了血珠。

高卓仰起头,怒吼了一声,踏上舞台,抓住灯架做的撬棍,"我没有那么多时间,我女儿还在里面,我数一二三,按照节奏用力。"

安易疯狂点着头,双手紧紧握着撬棍。

"一、二、三……"

两人怒吼着。

"再来!一、二、三……"

钢架稍微动了一下,有希望!

"一、二、三……"

安易咬着牙，嘴巴里渗出来血。

终于，在第三次尝试的时候，撬动了。

合力帮安易把季白从里面拉出来后，高卓立即冲向商场的其他角落。

"走，快走。"安易搀扶着季白。

就在他们即将跳下舞台、逃离火舌的时候，安易踩空了，左脚整个脚踝死死卡进了舞台的缝隙。

安易尝试了两次，根本动不了。

"季白，你听我说，你先走，你在这里我会一直没办法集中精力脱身。你快离开，我很快去外面找你。"

"我不要，我要带你一起出去。"

"来不及了，这里火势太大，再不走我们都得烧死在这里。"

季白摇着头，流出的泪水立即被热浪烘干。

"季白，你听我说，这是我的命，注定逃脱不了这场大火。"安易推开季白，盯着她的眼睛说道，"还有，我是爱你的，从你爱我的那一刻开始，但是我从没有勇气承认，现在我承认了。"

"走啊！"安易嘶喊着，"快走啊！"

两个人都明白，再多的眼泪都无法熄灭那场注定在人生里燃烧的大火。

"活下去，下一个循环如果我见到你，我就去找你。"季白艰难地转身离开，大火吞没了被卡住的安易。

商场里的人都逃得差不多了，数名消防员拿着水枪冲了进来。

素问、余光和高卓是被强制带离火灾现场的。

他们挣扎的样子像极了狮子口中的羚羊。

三人都受了不同程度的伤，被安排在了同一辆救护车上。余光目光呆滞，不知道在想什么。高卓眼里全是怒火，不会消散的那种。而素问，饱含泪水的眼睛里却是不解。

素问紧紧抓着手机的手不停颤抖着，上面是她三分钟前收到的司正的信息，仍旧是只有简单的两个字——分手。

"为什么？"素问抬起头看向对面的高卓，像是在索取一个答案，更像是在问自己，以及再一次不辞而别的司正。

"为什么？"高卓也机械地问出这个问题。

"是啊，为什么？"余光仰起头，看着救护车车顶的灯光。

"该死的夏天！该死的循环！"高卓伸出拳头猛地捶了一下一旁的枕头，力量全部被棉花化掉，那种感觉，极其不是滋味。

"原来……你们也是……"季白踏上了这台救护车。很显然，刚才高卓的话她听到了。

四人互相看着，眼神里的情绪复杂之极。

孤独、震惊、无力、感慨、绝望、希冀……

二十四分钟后，大火被扑灭。安易也被救了出来，他全身严重烧伤，但是还有生命体征，已经送至医院抢救了。

忽地，远处传来警笛声，逐渐清晰。

高卓跳下救护车，心脏开始狂跳，祈祷了十万次不要发生的事情，终究还是发生了。

警察到了，在消防员的带领下进入商场。

两天之后，方警官通知高卓和素问来到分局，告诉了他们一件沉重的事情，在商场负一层的一个储物间里，发现了两具尸体，一个是高以云，一个是司正。

他们是被杀害的。

然后是残酷的认尸，高卓抱着自己女儿的尸体，眼睛里的眼泪已经干涸。素问始终不愿意相信，司正的尸体就躺在那里。

"你不是不辞而别了吗？为什么会躺在那里？"素问冲着司正声泪俱下地喊叫，她感觉全身的力气都被抽走了，身体摇摇晃晃的，方警官扶着她，才能勉强站着。

"多希望你是不辞而别，永远不要回来，我也不找你了，这样的话，至少你还活着……"

之后，方警官带高卓和素问查看从商场拷贝回来的监控录像。

监控中显示，在大火之前，混乱伊始，有一个戴着口罩右臂上有文身的男人在后面拖走了高以云，正巧被满世界找人的司正撞见，司正见义勇为，但不幸身亡。

两人被藏进负一层的储物间，凶手趁乱逃走。

"根据掌握的情况，这个人就是衡州市连环凶杀案的真凶，他的目标一直是年轻女性，司正的死……"

方警官还没有说完素问已经开始耳鸣了，她看着方警官的嘴一张一合，逐渐模糊。

晕倒的那一刻，素问终于明白了司正的用意，他发那两个字，是想让自己恨他，然后慢慢忘记他。

恨比爱要容易忘掉吧。

从分局出来，高卓和素问一言不发地走在街上。

路过一家五金店，素问转身走进店里，出来的时候手里多了一把水果刀。

高卓看着她，完全知晓她要做什么。

高卓抢过素问手里的水果刀："这次我来。"说完，他把水果刀刺进自己的心脏，而且还旋转了一下。

高卓倒在素问的怀里，用微弱的声音数着数："一、二、三、四、五……"

Part 4

第四部分

一　她在梦里记得我

高卓是被雨水淋醒的,睁开眼睛,环顾漆黑一片的四周,路的左边是影影绰绰的树林,右边是一条河,他发现自己就在河滩上。

一声惊雷,雨更大了,紧接着是一道闪电,照亮了斑斑驳驳的水洼,像是无数星辰在闪烁,更是将周围那片毫无气息的树林映衬得更加幽暗。

沃尔沃就停在一旁,高卓爬起来,从后备箱取出一把折叠铁锹,他走到河滩深处,在一片明显翻动过的新土前停下。他望着那片土,深吸一口气,开始挖起来。

他把所有的力气都用上了,挖得很快,但是十一二寸深后他把铁锹丢在了一旁,跪在地上开始徒手猛烈地刨。指甲里刺满了泥土,他依旧挖着,指甲磕在小石子上,被掀断,鲜血流出,浸染泥土,高卓全然不顾,似乎一点都不疼。

忽然,他的手触碰到了柔软的什么,眼底微动,他不由得加快了速度。

他从泥坑里抱出一具尸体来。

这时,一道闪电划破天空,周围亮如白昼,看得出尸体是一个女孩。高卓紧紧抱着尸体,紧接着,滚滚雷声,把他嘶吼般的哭声吞没。

大雨倾盆，冲刷掉尸体身上的泥巴，露出清秀的脸庞，她的双眼紧紧地闭着，皮肤雪白如纸，短直的头发被雨水冲刷着贴在脸上，无声无息，看起来就像是睡着了一般。

雨水越下越大，越下越密，落在高卓的脸上，混着他的眼泪缓缓流下来，他多么希望，她真的是睡着了。

远处的雷声轰隆作响，耳边全都是噼里啪啦的雨水打在树叶上的声音，可是，高卓却觉得此时此刻寂静无声，他双臂颤动，紧紧咬着牙关抱着女孩的尸体，双眼迷茫，跪在泥泞里很久很久。

那是高以云啊，他的女儿，他一生的挚爱。

高卓把她缓缓放在地上，然后回到车旁，从副驾驶拿出一把匕首来，扎进自己的心脏。

忽然高卓觉得胸闷，然后呼吸困难，头的左侧剧烈疼痛，8秒钟后，他失去了呼吸。

"啊！"

高卓尖叫着醒过来，仍旧是在河滩之上。

大雨还在下，他看向掩埋女儿尸体的方向，忽然看到一个人影，正在埋最后一锹土。

高卓冲向凶手，凶手把铁锹朝着高卓扔了过去，就在高卓本能躲避的时候，凶手跑得无影无踪。

再来！

高卓回到车旁，取出匕首，再次扎进自己的心脏。

8秒钟之后，高卓仍旧是在河滩醒来的，高卓爬起来便朝着埋尸的方向跌跌撞撞地跑过去，发现竟然没有土壤被翻动的痕迹。

高卓又跑回车里，拿起手机拨打高以云的电话号码，良久，电话接通了。

"小云，你在哪儿？"高卓喊道。

对面默不作声。高卓继续说道："小云？"

忽然，听筒里传出一个操着兰银官话的男人的声音："她是你女儿吗？"

"畜生！放了她！"高卓怒吼着，恨不得钻进电话里，手刃那个恶魔。

"对不起，她已经不动弹了。"

"为什么？"

"什么为什么？"

"为什么要杀人？为什么要杀害那么多无辜的女孩？"

"为什么？这世界没有那么多为什么，也没有那么多答案。"

"我一定会找到你。"

"我等着。"

凶手挂了电话，高卓再次拿起匕首，又一次扎向自己的心脏。

然而这一次高卓醒来是在一所公寓里，看到的是阳光明媚。他走到镜子前，发现自己的头发都白了，脸上也苍老了许多。

高卓打开手机，竟然看到日历上显示的是三年之后的年份！

"汪！"

一只金毛跑过来，趴在高卓脚边。

什么情况？

高卓用了很久很久才确定了自己这次醒来是在三年后。

若干天后，高卓拿着一杯牛奶站在公寓窗边，看着日出缓缓跳出天际，清晨的第一缕阳光从窗帘的缝隙里照进来，正好照在趴在地板上睡觉的大黄。

这时候一个电话打了进来，对方说道："我想好了，我接受这份工作。"

高卓说道："好的，谢谢王先生，你将会在新公司度过非常有价值的三年职业生涯。"

"对了，你托我打听的人我打听了，找到几个叫高以云的，我对比了你给的照片和信息，都不是你要找的人。"

"非常感谢你王先生。"

挂了电话，高卓开始准备早餐，他早已经习惯这样的结果。

如今，他进入一家猎头公司工作，只是为了接触的人多一些，方便找高以云。

自从新的循环把高卓带到三年后，一切都变得不一样，联系不到素问和余光，自己竟然还是未婚状态，更查询不到衡州市的连环凶杀案了，也就是说，衡州市没有发生过连环凶杀案，那么小云就没有被杀害，她还活着，只是需要找一找。

高卓一直抱着希望，从未放弃过。

对待工作高卓非常用心，在业界有着非常良好的口碑，大家也乐意帮他。

虽然一直在大海捞针，他还将继续下去，他不信一个鲜活的人能从这个世界上消失得无影无踪。

高卓也想过，哪怕是最后找到高以云，她也很可能不认识自己，不过没关系，只要再见她一面就好了，哪怕只有一面。

高卓换上职业套装去往公司。他总是第一个到公司，打完卡，开始收拾自己工位，然后给公司的花浇水。浇完水，他离开公司，去见客户，顺便去打听高以云的线索。

9点钟,他约了一个客户在钟塔下的咖啡厅见,两人刚聊两句高卓便接到老板的电话,高卓抱歉地看着客户,然后指了指自己的手机。

"你先接。"客户礼貌地说道。

高卓起身到不打扰别人的地方,按下接通键,说道:"老板我在见客户,有什么指示?"

老板说道:"有家大公司看中了一个人,可是她在别的公司任职。"

高卓心领神会:"你的意思是让我挖墙脚?"

老板笑道:"资料我已经发你手机上了,你看一下,尽快搞定。"

"好,我尽力。"高卓挂完电话调出收到的资料,当看到目标照片的时候,高卓的泪腺瞬间崩了,哭着哭着又笑起来,然后用又是怨恨又是委屈又是欣喜的语气说道:"小云……"

资料上的照片正是高以云,她在一家科技公司就职,一直在国外读书,去年毕业之后才回的国。资料里的电话、公司地址、家庭住址,一应俱全。

高卓回到座位,一边收拾资料一边说道:"对不起李先生,我有急事得走了,真的对不起,咱们改天再约。"说着抱着资料跑开了。

李先生被晾在原地:"搞什么?有没有职业素养?"

高卓来到路边打了一辆车,直奔那家科技公司。

高卓疾步走到前台,问道:"小姐您好,高以云在不在?"

"稍等。"前台拿起电话问了几句,然后对高卓说道,"您好,高总在,需要我帮您预约一下吗?"

"麻烦了。"高卓微笑道。

高卓一直在休息区等到十一点四十分,高以云才从楼上下来。高卓立刻上前,从她的眼神中高卓能看得出来,她完全不认识自己。

"您好。"高卓道。

"我有二十分钟的午餐时间,你要一起吗?"高以云看着这个头发花白的大叔,尽管有些疑惑,还是礼貌地问道。

"好。"高卓按捺不住内心的激动。

两人来到公司的简餐区,高以云给高卓也叫了一份简餐:"简单吃点吧。"

"谢谢。"高卓接过简餐。

高以云示意高卓坐下,问道:"你找我什么事?"

"你跟我女儿很像……"刚说第一句话,高卓有些哽咽,"我找不到她了……她杳无音信,我没有停止过一天找她……"

高以云道:"我明白了,你是想确认一下我是不是你女儿?"

高卓心里说道:小云,我已经确认了,见你的第一眼我就知道你就是我的小云。

"高总是不是会画画?"高卓忽然问道。

"你怎么知道?"高以云惊讶地问。

"我女儿也会画画。"高卓拿出一幅星空图,这是他凭印象临摹下来的,之前高卓偷看过女儿的日记,里面就画着这样一幅星空图,上面还写了一行字:我的理想求婚场景。

高卓之所以对这幅画印象深刻,是因为在那幅画的角落里还画着一个人,用红色的笔写着两个字:爸爸。

那时候的高以云希望在自己的求婚现场,能有爸爸的见证和祝福。

"你看着眼熟吗?"高卓追问道。

高以云看到星空图愣了一下,良久才说道:"我梦见过我在一条走廊里画满了星空,然后在繁星之下,一个男孩跟我求婚。"

高卓激动地问:"你梦见过几次?"

高以云想了想:"不记得了,很多次吧。"

"你们在聊什么?"忽然一个男声打断他们的谈话。高以云让他坐到自己旁边,然后给高卓介绍道:"这是我男朋友,穆言……您怎么称呼?"

"我也姓高,高卓,喊我老高就行。"高卓没想到她都有男朋友了。高卓曾经想过这一个时刻,女儿向自己介绍男朋友的时候会是什么心情,但没想到是在这种情形下。

穆言问道:"高先生,您是做什么职业的?"

高卓道:"猎头。"

穆言又问道:"所以,您是来挖人的?"

高卓道:"也不是。"

穆言根本不信,"那么,您是为哪家公司挖人呢?"

"穆言。"高以云制止道。

很快,用餐时间结束了。高以云起身,点点头道:"高先生,我还有些事情要忙,有机会再聊。"

高以云和穆言离开了,高卓坐在那里却一直在发呆。

不过总归是好的,见到了女儿,尽管她完全不认识自己。但是,现在高卓有高以云的全部资料,包括联系方式,不怕找不到她了。

良久,高卓起身准备离开的时候,看到刚才小云坐的位置的地上有一样东西。

小云，你一定能想起我，因为我们是父女啊。他收起小云遗落的东西，离开了这栋大厦。

下午，高卓计算着时间，应该是小云空闲的时候拨通了高以云的电话号码，很快电话接通了，高以云问道："哪位？"

"是我，高卓，中午咱们见过。"高卓连忙说道。

"哦，我想起来了，高先生，请问还有什么事吗？"高以云问道。

"晚上你有时间吗？我有很重要的事情跟你说。"高卓道。

"不好意思，我晚上有事。"

"我可以去找你，真的，特别紧急特别重要的事情。"

高以云想了想说道："那好吧，我邀请你来参加我的求婚仪式，结束后咱们再聊。"

"求婚？你的求婚仪式？"

"对的，高先生，您那幅画提醒了我，既然穆言不跟我求婚，索性我向他求婚。谁说女孩不能主动求婚的呢，对吧？我要在繁星之下向我的男朋友穆言求婚，我梦到那么多次求婚的场景，一定是有意义的，所以，邀请您来见证我们的幸福时刻。"

身为父亲，听到女儿这么说，高卓心里还是有些不舒服的，尽管如此，他还是必须得去："好，我一定到。"

高卓从包里拿出一枚精致的盒子，这是他走的时候捡到的小云遗落的东西。打开盒子，里面是一枚很漂亮的戒指。

高卓忽然想到什么，打了个电话给同事："老葛，帮我一个忙，查一个人……"

天黑得很早，高卓按照地址来到高以云求婚的餐厅，据说这家餐厅可以把屋顶变成星空,高以云已经到了,正在和同事准备着这个惊喜。

高卓走到高以云面前,说道:"提前预祝你求婚成功。"

"谢谢。"高以云笑道。

那个笑容高卓太熟悉了,是寒冷黑夜里的希望。

"您先到旁边休息吧,我们差不多快布置好了。"高以云说道。

高卓点点头,跟她擦肩而过的时候把戒指盒重新放回了高以云的口袋里。

很快,穆言来了,所有人装作路人或撤离或坐在其他桌上用餐,高卓选了隐蔽且视角很好的一张桌子。

高以云迎着穆言坐下,两人像平常一样吃着饭,忽然周围的灯光暗了下来,屋顶出现满天繁星,其他人已经准备好了围上去撒花、起哄。

穆言看看屋顶,不明所以,这个女人要搞什么?

高以云站起来,绕到桌子的一侧,从口袋里拿出戒指盒子,然后单膝跪地,把戒指盒捧到穆言面前:"穆言,跟你在一起的这段时间里我很幸福,你对我的宠爱和真心我能感受得到,对于这段感情我是认真的,既然你不主动,那么就由我来主动,都说女追男隔层纱,求婚也是一样的。"

高以云的手放在戒指盒上,准备要打开。其他同事一拥而上,漫天的玫瑰落了下来,大家高喊着:"戴戒指,戴戒指……"

高以云打开戒指盒子,突然,从盒子里蹦出了一只非常大的黑色的虫子。高以云有点不知所措,穆言脸都绿了。

在场的人面面相觑,高以云打死都想不到,自己的戒指竟然变成了一只虫子。当然,这是高卓的杰作。高卓摸了摸自己的胸口,那枚求婚戒指被他用项链戴在了脖子上。

高卓起身,走到前面去,把脖子上的戒指亮出来:"戒指在我这儿。"

高以云险些崩溃:"大叔,您在干什么啊?我的戒指怎么在您那里?"

穆言指着高卓,说道:"我就知道你这个老男人没安好心。"

"究竟是我没安好心还是你没安好心?"高卓揪住穆言的衣领,质问道,"你潜伏在高以云的公司,有什么目的要我说出来吗?"

高以云看着高卓,一脸茫然。

接着,高卓拿出手机扔给高以云:"你仔细看看,这是穆言的过往履历,就职过的公司,这些公司都在穆言离职后,有过不同程度的机密消息泄露,说明什么,不言而喻。"

穆言气急败坏地推开高卓:"你这是污蔑!是诽谤!我可以告你的。"

高卓胸有成竹道:"欢迎,我随时恭候。"

高以云坐在椅子上,一时接受不了,自己的男朋友竟然全程在演戏,而自己还傻傻地向他求婚。

自我感动,蠢货。高以云骂自己。

高卓走到高以云身边,拿回自己的手机。

"大叔。"高以云抬起头,"谢谢您,我要处理一点事情,回头联系您,当面感谢。"

高卓点点头,离开了这里。

回到家,高卓抱着大黄,一个劲儿地亲。大黄有些嫌弃地来回躲闪。

"不许动,听我说。"高卓抓住大黄的脸,"你知道吗?我找到小云了,我终于找到她了,虽然她不记得我,甚至完全不认识,但是她在梦里记得我,因为她总梦到那幅画,画里是有我的。我们会重新认识,会一点一点重新建立我们之前的感情,带她回忆之前的事情。她可能会接受不了这样荒谬的故事,但我仍会讲给她听。"

高卓对着大黄一直说一直说,直到大黄听睡着了。

高卓很兴奋,一直在看手机,但没有接到小云的回电。又过了两个小时,高卓终于忍不住了,给高以云打去了电话,想约她一起夜宵,顺便从头到尾给她讲一遍这个奇妙的故事。

可是她的电话怎么都打不通。

大概还在处理公司内部的事情吧。高卓这样想着。

又过了一个小时,高以云的电话仍旧打不通,高卓再也坐不住了,他去到高以云的公司,人不在,又去了高以云的住处,按了十几遍门铃都没人开门。

高卓重新来到小区楼下,看向高以云所住的楼层,窗户的位置,里面是黑着的,高以云没有回来。

她总要回来的吧,高卓又上了楼,在高以云家门口守着。

小云,我等你,等到你回来。

一直到深夜,高以云都没有回来,高卓实在扛不住了,在她家门口睡着了。

第二天的阳光照在高卓脸上,他觉得累极了,用手遮住了眼睛继续睡。突然,大黄跳到床上,开始疯狂转圈,它总是这样叫累趴下的高卓起床。

"大黄,别闹了!"高卓随口说道。但是这句话刚说完,高卓坐起来，困意全无，他看着自己的卧室，自己的窗帘，还有疯狂的大黄，脑子一片混沌。我不是睡在高以云家门口了吗？

高卓拿起手机，看了眼时间，已经快11点了，他给高以云打了一个电话，通了，但是没人听。

高卓迅速洗漱完，冲向高以云家，按过门铃后家中没人。

高卓又来到高以云的公司，他走向前台，说道："我找一下高以云。"

前台像不认识他一样："请问有预约吗？"

高卓指着自己的脸："是我，昨天咱们见过的，今天我也是来找高以云的，不用预约了吧。"

前台微笑道："抱歉先生，我不记得您昨天来过。"

高卓刚想复述一遍昨天的情景，他的电话响了，是老板打来的："有家大公司看中了一个人，可是她在别的公司任职，资料我已经发你手机上了，你看一下，尽快搞定。"

高卓脑子还没有反应过来老板已经挂了电话，他调出手机收到的资料，是高以云无疑。

什么情况？昨日重现？

还是先见到高以云吧，高卓想直接闯进公司，可却被保安无情地拦了下来。高卓进不去，高以云的电话又没人接，他只有等。

11点40分，高以云从楼上下来，高卓立刻上前，从她的眼神中高卓能看得出来，她完全不认识自己。

不认识了吗？明明自己昨天搅黄了她的求婚现场，顺便揪出来一个蛀虫。

"小云，你是不是在装不认识我？"高卓问道。

"什么？"高以云不解地看着面前这位大叔。

"你一定是在假装不认识我对不对？你策划了什么惊喜吗？或者恶作剧。"

"我有二十分钟的午餐时间，你要一起吗？我想我们之间可能有些误会，坐下来说吧。"高以云道。

"好。"高卓按捺住自己的情绪。

两人来到公司的简餐区，高以云给高卓也叫了一份简餐。"简单吃点吧。"高以云道。

"谢谢。"高卓接过简餐。

高以云示意高卓坐下，问道："你找我什么事？"

高卓一时语塞，因为今天几乎每一幕都跟昨天一样。

"你们在聊什么？"忽然一个男声打断他们的谈话。高以云让他坐到自己旁边然后给高卓介绍道："这是我男朋友，穆言……您怎么称呼？"

高卓确认，又回到了原点。

他拎起公文包："不好意思，我还有点事，先走了。"高卓这次离开的时候，装作不小心崴了一下脚，高以云反应迅速，扶住了他。

"大叔，您没事吧？"

"没事。"

高卓偷走了她的求婚戒指，高卓需要验证，这一天真的是在重复吗？

下午，高卓来到高以云求婚的餐厅，高以云正在和同事准备着这个惊喜。

高卓假装来吃饭，坐到一张桌子前，高以云看到了高卓，走过去问："好巧，您上午找我有什么重要的事吗？"

高卓道："没事，你也来吃饭？"

高以云："我一会儿要向我男朋友求婚。"

"女孩向男孩求婚？"

"对，我觉得没什么问题。"

"对，没什么问题。在这里求婚，很浪漫，提前预祝你求婚成功。"

"谢谢。"高以云笑道。那个笑容跟之前高卓见到的高以云的笑容一模一样，温暖至极，是寒冷黑夜里的希望。

就在高以云转身离开的时候，高卓把戒指盒重新放回了高以云的口袋里。

很快，穆言来了，所有人装作路人或撤离或坐在其他桌上用餐。

高以云迎着穆言坐下，两人像平常一样吃着饭，忽然周围的灯光暗了下来，屋顶出现满天繁星。

穆言看看屋顶，又看看高以云，心说，搞什么？

高以云站起来，绕到桌子的一侧，从口袋里拿出戒指盒子，然后单膝跪地，把戒指盒捧到穆言面前："穆言，跟你在一起的这段时间里我很幸福，你对我的宠爱和真心我能感受得到，对于这段感情我是认真的。既然你不主动，那么就由我来主动，都说女追男隔层纱，求婚也是一样的。"

高以云要打开钻戒盒的时候，其他同事一拥而上，漫天的玫瑰落了下来，大家高喊着：戴戒指，戴戒指……

高以云打开戒指盒子，突然，从盒子里蹦出了一只非常大的黑色的虫子。高以云有点不知所措，穆言脸都绿了。

在场的人面面相觑，高以云打死都想不到自己的戒指竟然变成了一只虫子。

高卓起身,走到前面去,把脖子上的戒指亮出来:"戒指在我这儿。"

高以云险些崩溃,"大叔,您在干什么啊?我的戒指怎么在您那里?"

穆言指着高卓,说道:"我就知道你这个老男人没安好心。"

"究竟是我没安好心还是你没安好心?"高卓揪住穆言的衣领,质问道,"你潜伏在高以云的公司,有什么目的要我说出来吗?"

高以云看着高卓云里雾里。

接着,高卓拿出手机扔给高以云:"你仔细看看,这是穆言的过往履历,就职过的公司,这些公司都在穆言离职后,有过不同程度的机密消息泄露,说明什么,不言而喻。"

穆言气急败坏地推开高卓:"你这是污蔑!是诽谤!我可以告你的。"

高卓胸有成竹道:"欢迎,我随时恭候。"

高以云坐在椅子上,一时接受不了自己的男朋友竟然全程在演戏,而且刚才自己还傻傻地向他求婚。

自我感动,蠢货。高以云骂自己。

高卓走到高以云身边,拿回自己的手机。

"大叔。"高以云抬起头,"谢谢您,我要处理一点事情,回头联系您,当面感谢。"

高卓没有要走的意思,而是拿出一幅临摹的星空图。

"你看着眼熟吗?"

高以云看到星空图愣了一下,良久才说道:"我梦见过这幅画的内容,我在一条走廊里画满了星空,然后在繁星之下,一个男孩向我求婚。"

高以云张大了嘴巴,梦里的场景岂不是现在!

就在这个时候,穆言趁机偷偷溜走,高卓眼观六路,立即追了出去。

可是,当高卓追出餐厅的时候,他眼前一黑,倒在了地上。

阳光照在高卓脸上,他用手遮住了刺眼的光。大黄跳到床上,开始疯狂转圈,高卓坐起来,看了看时间,10点34分,日期没有变。

为什么会这样?又重复了吗?

高卓不相信,他简单地洗漱之后直接杀到高以云所在的公司。

高卓这次没有去问前台,直接走进公司,保安拦住高卓问他要工作证,高卓用凌厉的眼神盯着保安的眼睛:"你确定你要拦着我吗?"

保安顿时底气不足:"您是?"

高卓气场全开:"去问问陆羽深我是谁。"

另一个保安连忙小声提醒:"陆羽深好像是老板的名字。"

这的确是这家公司老板的名字,之前高卓老板发来高以云资料的时候,里面也有这家公司的介绍,当时只是晃了一眼,不过高卓记住了这家公司大老板的名字。

"您请进,请进。"保安连忙让路。

高卓来到工作区,正好看到高以云在半透明的会议室开会。高卓没有敲门,直接进去,会议戛然而止。

高以云问道:"大叔,请问您有什么事吗?"

高卓说道:"我找你。"

高以云礼貌地笑笑:"麻烦到外面等我一下,我在开会。"

高卓拍了两下桌子,说道:"散会,你们可以走了,高以云留下。"他的口吻很强硬,同事们也不知道这是哪里来的神,不知道是跟高以云有某种关系还是有什么过节,不过肯定不好惹,于是纷纷逃离。

高以云满脸无奈:"您到底是谁?究竟要干什么?你就算是总公司派下来的人也不能这么无理取闹吧,这里是公司,不是你的私人游乐场。"

高卓把会议室的门关上:"今晚的求婚计划取消吧。"说着,他拿出手机调出资料,"你仔细看看,这是穆言的过往履历,就职过的公司,这些公司都在穆言离职后,有过不同程度的机密消息泄露,说明什么,不言而喻。"

"我们认识吗?"高以云问道。

高卓道:"太认识了。"

此时,会议室外面早已围满了人,大家激烈讨论着,这个大叔的来历以及跟高总的关系。

"怎么了?看什么热闹呢?我也看看。"穆言不知什么时候来的,站在人群外问道。

所有人纷纷躲开,回到各自的工位上,穆言正好看到高以云正跟一个大叔在会议室里聊什么,而且两人有点剑拔弩张的意思。

"聊什么呢?"穆言推开办公室的门。

高卓看向穆言:"聊你,猜你混在公司里,混在高以云身边要搞什么动作。"

穆言知道自己暴露了,骂了一声该死,转身跑出会议室,高以云立即追了上去,而下一秒,高卓眼前一黑,晕了过去。

高卓再次睁开眼,看着卧室屋顶上的灯,说道:"我不信!我偏不信!"

高卓立刻爬下床,从衣架上随便拿了一件衣服便出门了。他直接来到高以云家,按响门铃。

门打开,高以云站在门口看到陌生的高卓问道:"大叔,您找谁?"

高卓道:"我就找你。"

面对陌生男人的突然闯入,高以云害怕极了:"你究竟是谁?我报警了啊。"

高卓道:"我叫高卓,你爸,你亲爸,但你习惯喊我老高。"

就在高以云凌乱的时候,忽然,门响了,是钥匙开锁的声音。

穆言手里拎着早餐,看到高以云后开心地说道:"我买了你最爱吃的。"随即又看到了一个满头白发的大叔,笑着说道:"是叔叔吧?您吃了吗?"

高卓直接亮出查到的穆言的资料,穆言惊慌失措,夺路而逃,高卓挡在他前面,但是穆言急了眼,直接用力撞开了高卓,高卓失去重心,倒在地上,后脑磕到了地板,眼前一黑,昏了过去……

阳光照在高卓脸上,他用手遮住了刺眼的光。大黄跳到床上,开始疯狂转圈,高卓坐起来,看了看时间,10点34分,日期没有变。

高卓揉着额头绝望地说道:"大黄,我被困在这一天里了。"

他闭上眼睛,感受着身体的疲惫。他决定接受这一切了,虽然高以云不记得自己了,但起码她活蹦乱跳的,自己随时能看到她,而且她还这么有出息。

高卓很欣慰。

忽然，高卓觉得自己脸上有水，睁开眼睛，大黄正骑在自己头上撒尿。

接着，满满一盆水浇下来，高卓彻底醒了过来。

素问、余光、季白、安易都在他的家里。

高卓敲了敲自己的头，从地板上爬起来，一时还没有搞清楚状况。

"一直联系不上你，我们就相约过来了。"素问说道。

"我做了一个梦，一个很长很长，像好几辈子的梦。"高卓疲惫至极。

余光伸出手把高卓拉起来，季白则说道："这次循环开始时间很晚，还有三天就立秋了，也就是说，还有三天，这个循环就结束了。"

余光补充道："我的感觉很不好。"

安易从沙发上站起来："这么多次循环了，没有一次时间是这么极端的，我们要做好最坏的打算，或许以后我们就没有机会了。"

这句话一出，所有人怅然若失，如果这真的是最后一次机会……

没有人敢具体去想，就像各自心中的执念，没有人真正地放下过。

"先这样吧，我想一个人静一静。"高卓道。

"有事打电话给我。"素问说完，跟着大家一起离开了。

二 抓住了夏天的尾巴

还没超过二十分钟,高卓就给素问打电话了。

"要一起去墓地吗?"高卓问道。

"我已经在了。"素问道。

"等我。"

高卓开车直奔墓地。

素问站在司正的墓碑前,一言不发,就那么安静地看着司正的照片。旁边,便是高以云的墓碑。

"在前几个循环里我就应该带你来这里了,因为司正的墓碑一直就在高以云旁边,只是那时候我还不知道司正长什么样子,或者说干脆直接忽略了除了小云以外的墓碑。"高卓的语气充满了歉意。

高卓抱着两束白色的菊花,一束放在司正墓前,另一束放在高以云墓前。

素问道:"没关系,一切都没关系。"

高卓看着墓碑上高以云的照片,眼眶瞬间就红了:"如果在最开始循环的那次,我去接小云回家,或许这一切都不会发生了,我答应好小云的,无论多晚都去接她,可我偏偏去加班。"

素问一脸平静:"你以为一切真的是你以为的吗?老高,我好累啊。"

一阵风吹过,天气凉爽了许多,马上要立秋,这个循环也即将结束了。

天空飘起了小雨,滋润着这里的一草一木。

如果打开上帝视角,那么最初的循环开始之前便是这样的——

凌晨1点,结束完公司聚餐的素问一个人回家。司正原本是要给素问一个惊喜的,很早很早就等在素问聚餐的酒店门口了。可是司正打了个盹儿,不过也没有错过,他醒过来正好素问从酒店出来走出去一个路口了,司正赶紧追了过去。

素问转了一个弯,继续往前走。与此同时,毕业聚会结束的高以云也从KTV出来了,她原本要在KTV门口等父亲来接她,但是父亲来电话说,临时加班,去不了,让她打个车回家。

KTV距离家不远,也就三条街,十分钟就到家了,高以云索性直接溜达着回家了。当高以云走到第二个路口的时候,发现一个男人正在跟着一个女人。而走在最前面的女人也就是素问,戴着耳机,完全没有觉察到身后的危险。

就在男人要迷晕素问的时候,高以云大喊了一声。男人站住了,回头看着高以云,高以云拔腿就跑,男人猛追起来。高以云哪里跑得过一个连环杀人凶手,就在她即将被抓住的时候,司正恰好跑过来,与高以云和凶手迎面撞上。

"救我。"高以云迅速躲到司正身后。

司正血气方刚,路见不平,但他怎么也没有想到自己面对的竟是一个连环杀人凶手。

5秒钟,凶手解决了司正。高以云直接吓晕了过去。

司正咽气前用最后的力气给素问发了一条信息，便是只有两个字的"分手"。他是一个孤儿，原本就一无所有，他不希望因"死"让素问记一辈子，她还是芳华岁月，正是绽放的年纪。

海润商场，保安室。

余光正在打包自己的私人物品，就在二十分钟前，他递交了辞职信。

余光想，或许从一开始就不应该在这家商场里供职。如果当初没有供职或者很早离职的话，是不是这一切就不会发生了。

打开铁皮储物柜，里面的东西不多，他一一装进行李箱。

当他看到压在柜子最下面的那张照片时，终于绷不住了，流下了眼泪。

那是一张合影，上面的女人叫周佳慧。

三年前的那个夜晚漆黑如墨，蜿蜒如盘龙的山路扭扭曲曲，那一个个弯道白天开车都十分考验车技，晚上更是增加难度。

一辆白色的高尔夫从山上开下来，车灯照在远处，照亮了密密麻麻的雨下降的轨迹。

车内，女孩一直紧紧地盯着前面的路，手机里的信号断断续续。

山上信号时有时无，导航也不是很明白。手机里传来了余光的声音："佳慧，你还有多久能下山？山上还有别的车吗？跟好你们的车队。"

周佳慧道："我很快就能下山了，我都开了十五分钟了，我记得我上山就开了半个小时，我应该走了一半的路了。"

"要注意岔路口。"余光又提醒着。本该吃晚饭的时候，余光

251

却寝食难安。

他有点后悔了,不如跟商场请假,陪女朋友出去玩,就不会发生今晚这样的事情。他早该知道的,自己的女朋友天真又爱玩,生活经验却几乎为零。

盘龙山余光也曾经自驾过,最著名的就是盘龙云海,隐在层峦叠嶂之中,藏在最高的山峰处,会有置身人间仙境的感觉。可是,也是十分考验车技,上山的路全程盘山公路,大转弯,中间还有未开发的岔路。

"好了,我知道了。"

周佳慧跟着几个网上临时组的自驾车队上山,一共五辆车。大家玩得很开心,下山时,却忘记了通知贪恋云海的周佳慧,她错过了下山高峰期的人群,还赶上了一场密密麻麻的雨。

她一边和余光说着,一边看着前面的路。

忽然前面出现了一个岔路口,她犹豫了一下。

"余光,你记得下山的时候,有个岔路口需要选择吗?"

周佳慧有点迷惑,稍稍放慢了车速。

"余光……"

手机那边没有声音,周佳慧又叫了一遍,才发现自己没有信号了。

她左右看看,她记得之前上山一直在左拐,按照相反的方向,选了一条路。

已经晚上九点,余光看着墙上的钟表,依旧毫无胃口。

他一遍遍给周佳慧打电话,一遍又一遍。可是,周佳慧都没有接听,一直不在服务区。他越来越着急,分明他记得下山的路越来越好走,信号越来越好,为什么周佳慧的电话却打不通了。

过了几秒钟，终于，电话再次接通。

电话里，周佳慧的声音不似原来那般淡定，她说："余光，我好像是走岔路了。我记得上山的时候，有的岔路口写着此路不通，我都没看到。怎么我的路越来越难走？也没有路灯了。"

"别急，你先停车，你报……"

余光急了，他叮嘱周佳慧，可是，手机又没了信号。

余光那一夜一直在打电话，没有停过，但是却没有再打通周佳慧的电话了。

他再接到电话的时候是在出发寻找周佳慧的路上，是盘龙山的警方打来的，说发现了周佳慧的尸体，她半夜开车开到了没有开放的路段，出了车祸，层层追责，景区给的说法是，那个路段是工作人员的疏忽，忘记放此路不通的指示牌了。

周佳慧的死是意外，却死于其他人的失职。

余光认为更是他作为男朋友的失职，没有陪她，她才会去和陌生人组队上山。

还有车队的队长失职，离开的时候没有统计人数，忘记叫周佳慧一同下山，而景区的工作人员更是失职，否则，她不会开去岔路口。

从那些埋藏在心底的记忆中抽离出来，余光一拳打在铁皮柜上，瞬间，铁皮柜凹进去一个大坑。

他蹲下来，号啕大哭。

在余光的记忆中，从上初中到现在的二十七岁之间，他只哭过两次，一次是三年前，一次是现在。

寒露酒吧。

安易坐在一个相对安静一些的位置，喝着闷酒。每次侍者上酒，他都会请侍者放在桌子正中间的位置，这样方便拿酒，也不至于把酒碰洒了。

侍者有些奇怪，还是第一次见到盲人来酒吧的。然而侍者们的议论，全被安易听进了耳朵里。

不过他不准备找碴儿，只想喝点酒，跟季白好好聊聊天，然后睡上一个好觉，最好醉他个三天三夜，醒来直接进入下一个循环。

可是，还会有下一个循环吗？

季白的手包放在沙发上，刚才来了一个电话，来沟通关于解约和退圈的事情，她去卫生间接了。

这种事情三言两语说不清，季白提议不如明天当面聊。

季白刚挂断，又进来一个电话，是黑崎的。

犹豫再三，季白还是接了，不然他一定会没完没了，甚至会直接杀过来。

"我感觉你在躲我。"黑崎说道。

"没有，我只是厌倦了之前的生活，也厌倦了那张美丽的脸。"季白道。

"美，不好吗？"

"美，很好，但是不美，也没有什么不好。"

"你在哪里？"

季白没有回答，而是反问道："黑崎，问你一个问题，请如实回答。"

黑崎道："当然。"

"你爱我的脸还是爱我这个人？"

黑崎犹豫了。

季白继续说道："如果你爱的是脸，我还给你，或者你再去制造一张这样的脸，如果你爱我的人，让我走，把我从笼子里放飞，给我自由。"

安易这边又是一杯烧酒下肚，陷入深深的回忆——

安易忘记具体是哪一次循环了，唯一肯定的是最初循环开始后前三个循环里的其中一个。那时候的安易更加无法接受自己的失明，季白担心他这个样子会造成心理上的疾病，无论永远停留在这个夏天还是循环最终消失，心理疾病带给人的伤痛，是真真切切的，没人能躲避得了。

于是季白做出了一个决定，捐献自己的眼角膜给安易。

这件事，安易能记一辈子。

手术很成功，安易恢复得很快，重见光明，可季白，陷入无尽的黑暗，慢慢熟悉着看不见的生活。

"为什么要这么做？"安易问她。

"我也想体验一下你的世界，这样，我想我们的心就能贴得近一点了。"季白回答道。

其实，安易能记住一辈子的事，反而是一件毫无波澜的事，一件稀松平常的事，一件持之以恒的事，那就是他的网友——晒干的鱼。

安易虽然是富二代，但父母从未真正陪伴、关心过他。反而是一个陌生的网友，陪他一聊就是按年计算的，一年……两年……三年……四年……

安易认为，这个世界上最了解他的人就是"晒干的鱼"了。

一次偶然的机会，安易知道了"晒干的鱼"就是季白。那是大一下半学期，季白还没有整容——

季白不算迷信，但是她觉得自己的人生在她生日那天就写好了，每一年过生日的时候，世界上有很多人都在过节，但是也没有人想成为这个节日的主角，因为它叫愚人节。

季白和大学舍友的关系不算好，朋友圈的点赞之交，网上的亲密好友，可是，在宿舍里的时候，她们一天都说不了十句话。

那个愚人节放了学，宿舍里的人以给她过生日为由，让她请客吃饭，之后，又去了酒吧。

灯光迷幻，一些人在舞池里跳舞，一些人搂搂抱抱，一些人谈情说爱。

季白与几个舍友坐在卡座里，舍友雅雅说："咱们玩游戏吧。"

一拍即合，雅雅的话说完之后，瞬间得到了所有人的响应。

开始是玩转盘游戏，季白的运气很差，她喝了很多酒。

舍友们一杯一杯地劝她，并以"祝她生日快乐"的名义，强加于她，季白喝了一杯又一杯。

她感觉到晕头转向，疯狂想吐，舍友们"好心"地将季白送进了洗手间。季白喝晕了，她朝着洗手间的方向走去，洗手间的灯牌上画着一个蓝色的穿着裤子的小人，舍友们都看到了，可是没有一个人去拦。

舍友们眼睁睁地看着她走进去，然后摔在了地上，她睡了。

舍友们谁也没有管她，她们互相看了对方一眼，撇了撇嘴，却露出了意味深长的笑。就因为她是一只可怜的"丑小鸭"。

季白睡着了，梦里，她变成了迪士尼在逃公主，所有人惊叹于她的美貌，众多王子来供她挑选，她选了一个王子，金发碧眼的王子五官和漫画里一模一样，他靠近了季白，闭上了眼睛，长长的睫毛垂下来，他说："亲爱的公主，我可以吻你吗？"

季白心中雀跃，这个王子的脸与现实中的某一个人的脸渐渐重合，季白也闭上了眼睛，她的睫毛轻颤，她的身子因为激动有点微微颤抖。

她忽然睁开了眼睛，说："等我一下。"

季白醒了，她感觉到自己的胃里一阵难受，她快速地推开了面前的"王子"，跌进一个没有隔挡的隔断，开始在里面吐了起来。

过了一会儿，舒服了很多，她按下冲水，走出隔断，迷迷糊糊地到洗手池洗手。

她拧开了水龙头，一边伸手漫不经心地洗着手，一边回忆着自己的迪士尼公主梦，忽然，眼睛无意中瞥到了身后的男人。

他就站在不远处的洗手间里。

一个男人进了女洗手间？

而他的脸是她梦里的王子的脸。

季白眨了眨眼睛，转身看着站在不远处的安易，她说："安易，你怎么会在这里，怎么还进了女洗手间？"

"酒醒了？"

声音低沉喑哑，还带着一丝困意。安易说着，还打了个哈欠。

季白眨了眨眼睛，错愕地点了点头。

她忽然从镜子处看到了那个蓝色的穿着裤子的小人标志，季白的脸红了。

安易朝着门外走，头也没回，和季白说着："赶紧出去吧，这里的味道难闻死了，也给那些憋尿的男同志一点机会。"

季白从男洗手间走出去的时候，安易将地上摆着的正在打扫的牌子挪到一旁。

穿过了凌晨后依旧热闹的酒吧，安易走了出来，季白默默跟上了安易。

安易没有开车，他是不住校的，租的房子就在酒吧附近，穿过一片居民区的小路，就到了，步行不过十几分钟，平时都是安易一个人走，那天他照例自己走。

只是，走了几步，路灯的照耀下，他的影子旁边多了一个影子。

季白看着安易的背影，不紧不慢地跟着，她又不敢离得太远，怕把他跟丢了。

"不用谢。"

季白看着安易的背影，听到了他说，可是，安易没有回头，他继续向前走。

季白跟着安易，过了一会儿，季白才说："我不光是要谢谢你，安易。你记得我吗？我其实是你的高中同学。高三那一年，你转到了我们班，现在我们又是大学同学，你说巧不巧？"

安易停下了脚步，回头看了看季白，语气淡淡地说道："记得。"

他记得季白，是因为她坐在门口位置，他每次上课迟到从后门溜进去，都让那个被厚厚的头帘遮住的、不太好看的女同学开门。

如果不是同学，他才不会管她是睡在女洗手间还是男洗手间。

季白跟上了安易的步伐，她说："我也要走这条路回家。"

那天没有月亮，梧桐树的树叶挡着路灯的光，一条不算宽阔的路似乎一眼就能望到头。

季白又一次向安易道谢:"谢谢你。"

安易道:"不用。"

季白又问:"你经常在酒吧喝酒吗?"

安易冷冷地回答:"嗯。"

季白张了张口,她还想再说点什么,可是,她却不知道自己还能说点什么。她和安易的关系,其实只是高中时候她打开后门,他偷溜进来的关系。

两个人继续向前面走着,气氛静谧中生出了一丝尴尬。

季白想再找个话题的时候,忽然居民楼上传来了一阵窗户打开的声音,紧接着,一个男人骂骂咧咧的声音传来。

女人大声地回骂着。

夜晚的街道足够寂静,季白与安易听到了摔东西互骂的声音。

"婚姻真可怕。"安易说。

"果然是爱情的坟墓。"季白也补充了一句。

两个人忽然都笑了。

很短的一条路,在经历了小插曲之后,似乎更短了一些。

到了路口,安易指了指路对面的小区说:"我到了。"

季白说:"好,你回家吧。再次谢谢你。"

安易点头,转身朝着马路对面走去。

"我多想自己是'晒干的鱼',而不是季白。"季白看着他的背影,失了神。

季白不知道的是,这句话,安易听到了,不仅听到了,而且听得很清楚。"晒干的鱼"竟然就是季白,安易不敢相信。

季白看着安易进了小区门,才拿出了手机,搜了搜附近的酒店，去开了一间房。

是的，她是住校的，只是今晚她想陪他多走一段路。

从那一天起，安易知道了，"晒干的鱼"就是季白，季白就是"晒干的鱼"，他们也一直保持着联系。

也是从那一天开始，安易发现自己好像对季白产生了过多的关注。可是他不敢说，担心被同学取笑，毕竟自己好歹也算是学校小有名气的富二代，去喜欢一只"丑小鸭"的话会被笑掉大牙吧。

如今，季白已然成为顶级美女，面对季白坦诚表达的爱意，安易仍旧不肯接受，并不是因为她太美了，根本原因是季白的"崩盘"是他造成的。

当年安易开始反向喜欢季白后，偷拍了她很多时刻，也就是这些储存下来的照片，后来不小心流传了出去，成为季白噩梦的开始。

所以，安易一直在逃避，借着失明做借口，一直在逃避自己。

因为，他不敢面对，他承认自己是一个懦夫，一个浑浑噩噩的懦夫。

但是现在，此时此刻，他不想做懦夫了，尽管季白的脸毁了，但他爱的一直是她的人以及她的心。

这时，季白打完电话回来，脸上挂着笑容，看来跟黑崎谈得不错。

两人一边聊天一边喝酒，一杯接一杯，安易有点微醺，他的嘴角浮现出微笑，原来回忆过去，面对现在，会如此美好。

突然，安易的耳朵捕捉到一句话——我收到钱，就会告诉你你女儿埋在哪里。

那句话非常轻，在酒吧的环境里没人能听得见，除了安易这个盲人，这个耳朵异常灵敏的盲人。

在上一个循环结束前夕，他们五个互相知道都是停留在这个夏天循环里的人之后便建了一个群，高卓在群里发了关于连环凶手的一些资料。听刚才的口音，绝对不会错。

"我后面那个男人……"安易低声提示季白。

季白向外头瞄了一眼，心里一惊："我看到他右臂上有文身，虽然看不全，但露出来的部分轮廓像是一个女性人物。"

安易点点头："你赶紧离开，通知老高。"

季白担心道："你呢？"

安易道："我肯定没事，多少次我大难不死。"

季白离开后，立即通知了高卓、素问和余光，发现凶手了。

"在哪儿？"高卓直接打电话过来。

"寒露酒吧，安易在守着。"季白道。

"素问已经报警了，你离开那里，确保自己安全，我马上过去。"说完高卓挂了电话，对一旁的素问道，"你去找方警官，我确认了位置和情况第一时间通知你们。"

素问点点头，两人分开行动。

高卓开着车疾驰在路上，心里不停地祈祷：这次一定要抓住这个恶魔！

而余光看到群里的消息后，立即出发了。

酒吧里，安易紧紧捏着酒杯，装作喝酒，但全神贯注在听着他。突然，凶手站起来了，开始向外走去，安易也站起来，跟着凶手沙沙作响的脚步声。

出酒吧，到中山路上，向东，300米，右转，到了天池街，继续向北……

安易靠耳朵跟着凶手,并把路线用语音实时发在了群里。

余光距离近,第一个赶到附近,他在川流不息的人群里,寻觅着凶手的身影。

倏忽,安易停下脚步,转着耳朵认真听着,竟然听不到他的脚步声了,更不知道他朝哪个方向走了。

"我跟丢了。"安易在群里说道。

很快,季白在群里回复道:"我来了,等我消息。"

五分钟前,季白回到了自己的工作室,打开电脑,登入了直播间。季白开播的系统消息开始推送,很快,直播间里便涌入了近一万人。

接着,季白开始直播卸妆,惊爆了全网的眼球。因为,她的面目一点一点展露无遗,可以用丑陋,甚至恐怖的字眼来形容。

"大家好,我是季白,这才是真的我,没错,我整容过度,毁掉了自己的脸。但这些不是重点,重点是我坦诚相见,重点是我需要大家帮忙。"直播间里的人越来越多,季白继续说着,"大家都知道,衡州市出现了一起连环凶杀案,已经有五名女性遇害了,现在我们发现了他的行踪,但是在天池街向北的方向跟丢了,我恳请当地广大的热心网友帮忙寻找一下他的踪迹,为那些被杀害的女孩出一份力气,大家注意听,凶手戴着灰色的棒球帽和墨镜,上身是黑色的T恤,上面有波浪图案,右臂有希腊女神文身,下身穿卡其色工装裤,说一口兰银官话……我重复一遍,最后出现在天池街向北的方向……"

直播间炸了,面对连环杀人凶手,大家一边称赞季白的勇敢一边团结起来,全城追凶。

也是这一刻,季白才明白,自己真正放下了那张所谓的美丽的脸。

"天池大厦地下停车场……"

"我从楼上看到凶手从停车场出来了,没有开车,换了衣服,是白色T恤,灰色短裤。"

"凶手在朝着海润商场走去……"

"他要去人多的地方,糟了……"

"看不到他了。"

……

全城的网友,扩散成了全城的市民,他们通过监控、人肉跟踪、航拍等等,配合着警方追捕。

高卓赶到了海润商场,正好遇到折回来的余光。

"找到他了吗?"高卓道。

"没影子了。"余光警觉地看向四周,思考着他会藏身何处,毕竟这里是他的地盘,比别人熟悉一些。除了顾客,就是派发广告的商家的扮演人偶。

警方也赶过来了,开始疏散商场的人群。人群逐渐散去,警察进入到商场进行地毯式搜捕。

突然,群里发来一条素问转发的网友的最新消息:"凶手扮成人偶逃脱了,他进了地铁站。"

全部警力进入地铁。在三号线路段反反复复搜了三遍,都没有看到凶手的身影,就像消失了一般。

方警官很头疼,这次没追捕到,会错失绝佳的机会。因为进到地铁站,他可以坐任何一趟地铁离开,分分钟出现在城市的另一端。

高卓跑得半条命都没有了，素问递给他一瓶水，坚定地说："我们会抓到他的，整个衡州市的人在一起抓他，他逃不掉的。"

足足过去了二十分钟，再也没有发现凶手的踪迹。

全城的人陷入了沉默，感到憋屈。

余光就守在海润商场的地铁口，他在赌凶手的思路——跑回来会更安全。

余光望向地铁口，一个浓妆艳抹的女人搔首弄姿地乘电梯上来，一边用防晒衣包裹自己，一边低头在包里翻找防晒喷雾。

女人经过余光，浓郁的香水弥漫在空气里。余光打了个喷嚏，打得自己眼冒金星。

女人走过去后，回了一次头，余光也随意地望了女人一眼，竟然看到了女人的喉结！

是他！

连环杀人犯！

余光缓缓拿出手机，在群里发了一条消息："在这里。"

女人捕捉到了余光的动作，撒腿就跑。常年保持锻炼的余光立即追了上去，直接将其扑倒，下一秒，余光觉得自己的肚子有点凉。他低头看去，凶手拿着匕首在自己的肚子上扎了两下。

"噗噗……"又是两下。

余光肚子上直接喷血，但是他的手抓住凶手的脚踝，死不放手。

凶手一边向后退，一边用脚猛踹余光的脸，短短几秒钟，余光的脸已是血肉模糊。

但他仍不放手。

凶手疯了一般地怒吼着，拿起匕首就要砍断余光的手腕。

与此同时,高卓、素问、警方、市民,都在朝这里飞奔。

就在凶手的匕首刺穿余光的手腕的时候,砰!一声枪响!

凶手倒在了血泊里,而这血是余光的血。

两秒钟后,凶手的血从额头流淌到地上,跟余光的血混在了一起,永远无法逃脱了。

高卓跑过来,被赶过来的警察拦着不让靠近现场。

余光眯着眼睛努力露出笑容,看着高卓,嘴里喃喃说着什么。

素问站在高卓的身边,翻译道:"他说,抓到了,这次没有失职……"

素问已经泣不成声,趴在高卓的肩头放声恸哭。

尾声　立秋

立秋这天的天气还是很热,所有人都想抓住夏天的尾巴,只有他们迫不及待地想逃出来,幸好,他们出来了,从那个夏天里走了出来。

很多年以后,他们都在怀念那个似乎永远都走不出来的夏天。

但他们也渴望迈向下一个季节,迈进以后的生活。

毕竟,生活总要继续,尤其是当有了一个结果之后,我们内心里的那个声音就会突然出现:该告一段落了。

就好像,那个声音一直存在我们的内心最深处,同我们一样一直在等待着某件事情的最终结果。

而且,时间也会马不停蹄地催促着世间的一切,迈向下一秒,下一分钟,下一个四季。

在高卓的家里,素问和季白正在准备今天的晚饭,安易陪高卓坐在沙发上,两人一起拼着乐高。电视机虽然开着,但谁也没在看,似乎家里充斥着电视机的声音才更有生活感一些。

他们约定,以后每年立秋这天都聚一聚。

尽管,余光、高以云、司正的死是改变不了的事实,但大家已经渐渐地放下了执念。

也应当放下执念,这是对所有人都好的结局。

很快，晚饭准备好了，大家入座，看向餐桌左边空着的椅子，那是余光的位置，那个位置将会一直留着。

"我约了医生，下周三给脸做修复，我声明一下啊，我不是为了重新变美，是我的脸上的骨头都有问题了。"现在，季白能随意地谈论自己脸的问题。

"安易下星期有空吗？没空的话我陪季白去。"素问拿了一只鸡腿放在高卓的盘子里。

安易摸到一罐啤酒，笑着说道："下周三的话我还真没空，有病人约了做心理咨询。"去年安易考上了心理咨询师，从业也有半年了。

听到这里，高卓紧皱着眉头："等一下，安易，你是作为病人去咨询吗？"

安易道："我没有表述清楚吗？是我有病人。"

"你有病人？"高卓疑惑地重复道。

"对啊，你忘了？我是心理咨询师。"

"你什么时候成为心理咨询师的？"

"去年考的证，我在一家心理咨询网站上已经工作半年多了。"

"去年？半年多？"高卓揪出这两个时间点，"我没有听错吧？"

这时，季白道："你没有听错。"

高卓的右眼皮突然跳了两下，喝下一杯酒才说出这句话来："可是，我们不是刚结束夏天吗？我的意思是，我们刚刚才从夏天的循环里跳出来。"

素问拿走高卓的酒杯，说道："你还没喝呢怎么就醉了？我们去年就已经出来了。"

"去年？这是第二个立秋？"高卓继续问道。

另外三个人异口同声地说道:"是啊,这是第二年的立秋了。"

高卓扶着餐桌站起来:"不对,不对,不对……"忽然高卓双手按住了太阳穴,他觉得一阵阵眩晕,并伴随着剧烈的痛,是用镊子用力夹住神经的那种痛。

"你没事吧?"

"高卓?"

"老高?"

"嘿,你哪里不舒服……"

高卓隐隐约约听到有很多人在喊自己,也能感受到有人搀扶着自己,但阵阵眩晕和头痛让他想吐。

然后他感受到有人带着他出了门,上了车。

过了很久,他闻到了一股医院特有的戊二醛消毒水的味道。他努力睁开眼睛,看到了来来来往往的病人和医护人员。

渐渐地,这些感受变得十分不真切,就像是在梦里。看得见,摸不着。

也不知道过了多久,高卓觉得头不那么晕也不那么疼了,清醒过来的时候才发现自己躺在医院的病床上。白色的墙壁,白色的床单,再加上穿过层层树叶洒进来的阳光,令人有些恍惚。

高卓从枕头下面摸到了自己的手机,想打给素问,却发现手机里没有存她的号码。奇怪,明明是存过的。

不过没关系,素问的号码高卓是记得的,他拨出11个数字,听到电话里传来"您拨打的号码是空号"的提示。

空号?

不可能!

高卓又拨了一遍,还是空号。

接着，高卓准备打给季白或者安易，却惊讶地发现，手机里他们的号码也没有了。而他们的号码高卓可没有存进脑子里。

滴滴！

高卓按下了床头上方的呼叫按钮，很快有护士进来："你醒了？感觉怎么样？"

与此同时，高卓下床，脚碰到地面的那一瞬间，双腿一软，差点跪在地上。

"你在病床上躺太久了，慢慢来。"护士扶起高卓，让他重新坐到床上。

"护士，刚才送我来的朋友呢？他们在哪儿？"高卓迫不及待地问道。

"朋友？你已经在病床上昏迷半个多月了。"护士如是说道。

"我已经昏迷半个多月了？"

"没错。"

"不不不不……我明明今天刚被朋友送到医院的……今天我忽然有点眩晕，头很疼，然后朋友们就开车带我来了医院……我记得很清楚……"高卓说得很笃定，但越说越怀疑自己。

"你现在感到头疼吗？"

"我……我不知道……"高卓彻底乱了，脑子像糨糊一样，耳边再次回荡起"您拨打的号码是空号"的提示声。

"你先躺下，我去叫医生。"护士一路小跑出了病房。

很快，医生进来，对高卓进行了简单的询问和检查，基本没有什么问题。高卓也顺便弄明白发生了什么——自己是被好心的路人送来的，送来的时候已经是昏迷的状态，头上撞了一个很大的包。

幸运的是好心路人留了自己的电话号码,高卓可以向对方求证究竟发生了什么。

电话接通的那一刻,高卓的心提到了嗓子眼,跟预感的差不多,对方的讲述,令高卓惶恐不安——

差不多半个多月前吧,就在新华区的书院街,那天是阴天,闷热,憋着一场大雨,我本来走得好好的,突然听到身后有人大喊,抓住他!抓住他!我回头看,看到你疯跑过来,幸亏我躲闪得及时,不然被你撞翻了,然后你一直向前跑,撞到了一辆停在路边的货车上,当场晕了。围观的人不少,没人敢凑到跟前看看,幸亏遇上我,心好,把你送到医院去。

高卓一连说了十几个"谢谢",然后机械地挂断了电话。

高卓略显沧桑的脸,更加苍白了。

难道那个夏天发生的一切都是假的?

如果按照好心人和医生所说,倒推出来便是半个月前自己发现了杀死女儿凶手的蛛丝马迹,在追凶手,然后撞到了停在路边的卡车,晕了过去,直到现在才醒过来。

所以,夏日里的循环是不存在的?根本就是自己的臆想?或者干脆说是做了一个冗长的梦。

不!高卓不相信!

那些刻骨铭心的循环,那些有血有肉的朋友,是无比真实的,已经成为了他在世间的精神支撑,也成为了他心病的良药。

可是,就这么被突然夺走了吗?一切都是假的吗?

高卓换下病号服,溜出医院,打了一辆车直奔长安分局。在路上高卓拿手机查相关的新闻,找到不少报道,基本上都是在说一年前长安分局破获了连环凶杀案,凶手落网。

第四部分：尾声 立秋

怎么又成一年前的事情了？

那自己半个月前追的人是谁？

高卓按灭手机，闭上眼睛，然后长吸了一口气，头又开始疼了。

一刻钟后，出租车停到长安分局门口，高卓下车，他觉得自己的生活和意识正在脱轨，令人极其不安，必须向负责这起案件的方队求证。在门岗登记后，他顺利进到分局等候。

方队对高卓印象很深，因为他作为一名受害者家属，足够坚强也足够执着。

"其实你在过去的一年里，也来过很多次，求证是否抓到了凶手。"方队递给高卓一杯茶，"是的，抓到了，凶手判了死刑立即执行。"

"那我半个月前追的那个人是谁？"高卓接过茶杯放到了茶几上。

"从派出所那边了解到，是一个小偷。"

高卓不知所措，说不出话来。

方队继续说道："我理解，你很难走出来，神经一直处在紧绷的状态，我介绍一个心理医生给你，在这方面很有经验……"

高卓不知道自己是怎么走出分局的，他觉得这个世界摇摇欲坠。

回到家里，面对这个熟悉又陌生的家，恍如隔世，他记不真切上一次家里充满欢声笑语是什么时候了。

高卓到卫生间给浴缸里放热水，回卧室拿要换的衣服的时候瞥见床头上放着一本书——《躲进梦里的人》。

可高卓不记得自己什么时候看过这本书，但是从纸张卷边的情况来看应该是翻阅了不止一遍了。

讲的什么完全一片空白,高卓翻看简介,这本书讲的是五个人因逃避现实,躲进梦里的故事。又瞟了一眼作者——秦观——好熟悉的名字。

高卓把书放到一旁,他太累了,迫切地需要泡个澡,放松一下,然后再从头到尾好好梳理一遍。

身体泡进水里,被一股强烈的热浪包裹住,疲倦随之而来,但高卓睡不着,脑子里的事情杂乱无章地频频闪过,却又毫无头绪,令人暴躁极了,也没有心情泡澡放松了。

高卓猛地从浴缸中站起来,裹上浴巾,来到厨房,从冰箱里拿出一罐冰镇啤酒,砰的一声打开,灌进喉咙。

这时候,电视机不知道什么时候打开了,主持人正在播报今天的新闻:一连多日,有群众举报在郊外的一家科技公司里频频发出强光,有关部门前去调查,发现这家公司竟然在人为地制造闪电,偌大的公司内部摆放着数十台人造闪电制造器……

高卓听着这条新闻怔怔出神,夏天里的故事,或者说那个梦,让他对闪电和暴雨很敏感。

"天呐,听着怪瘆人的,他们人造闪电的目的是什么?"

客厅里传来素问的声音,高卓浑身一震,走出厨房,看到季白和安易也坐在沙发上跟素问一起在看电视。确切地说,安易在听新闻。

"搞什么实验吧?"季白说道。

"我觉得不简单。"安易道。

素问忽然转头,对着站在厨房门口的高卓说道:"老高,你觉得呢?"

高卓手里的酒掉落在地上,砰的一声闷响,淡黄色的液体开始蔓延开来。

"你怎么了?"素问又问道。

高卓张了张嘴,话到嘴边又吞了回去,与此同时,电视机里的女主播的声音再次响起:"现在插播一条紧急新闻,据警方通报,一个小时前接到市民报案,在棚户区发现一具全裸女尸,一年前破获连环凶杀案的衡州市公安局长安分局的方队亲自带队赶到案发现场,据我台多方了解,这起杀害女性案件的作案手法与一年前的连环凶杀案的作案手法如出一辙……我台提醒广大女性……"

素问、季白、安易的脸上瞬间露出惊恐,高卓觉得自己四肢僵硬,逐渐无法呼吸!

高卓努力挣扎着,无济于事,他觉得有无数双手掐住了自己的脖子,就在快要窒息的时候,高卓终于挣脱开,钻出水面,大口大口贪婪地吞着空气。

高卓看着溅得满是水渍的卫生间,自己还在浴缸里,原来刚才是一个梦,泡着澡睡着了做的一个熟悉的梦。

梦?

就这么认了吗?

那个难忘的夏天是假的,季白、安易、余光、素问也都不复存在。

就真的这么认了吗?

懦弱地做了一个在那个充满悔恨与遗憾的夏天里的梦。

懦弱地做了一个循环了太多次而找不到出口的梦。

懦弱地做了一个在虚无里执着弥补、用尽全力的梦。

273

突然,高卓的眼神凌厉起来,有没有一种可能——目前,此时此刻也是一个梦呢?

他的目光透过卫生间和卧室的门,再次落到床头上那本叫作《躲进梦里的人》的小说。

高卓起身,随便擦干身上,换上衣服,嘴里反复念着"秦观"的名字,夺门而出。

"铃铃铃……"

高卓落在卧室的手机急促地响起,来电显示写着:宝贝女儿。

大概过了三十秒,电话挂断,紧接着进来一条短信:"老高,救我!"